# 眠り姫とチョコレート

　やっとのことで顔をそむけると、唇がはずれて、ちゅ、と恥ずかしい音が立つ。関口の舌はそのままべろりと黒田の頬をなめあげた。

# 眠《ねむ》り姫《ひめ》とチョコレート

佐《さ》倉《くら》朱《あか》里《り》

ILLUSTRATION
青山《あおやま》十《とお》三《み》

CONTENTS

# 眠り姫とチョコレート

◆
眠り姫とチョコレート
007
◆
ロマンチストとチョコレート
123
◆
あとがき
250
◆

# 眠り姫とチョコレート

ネオン輝く繁華街五丁目の、通りを一本外れたところに、そのバーはあった。地味な雑居ビルの一階、エントランスにツタを這《は》わせ、控えめな看板には、飾り文字で《チェネレントラ》と一風変わった名が刻まれている。よく磨きこまれたマホガニーのドアにかかった、いつもは「女性おことわり」と記されている札に、しかし今夜は「本日貸切」とかっちりした字で書かれていた。

パーティーがあるのだ。うちうちの、ごくささやかなものらしく、ぱらぱらと集まってくる客たちは二十代半ばほど、みんな気取らない服装で、男性が多いが、女性も三分の一ほどは含まれていた。そのせいか、いつもは静かな、かすかに流れるジャズが耳朶《じだ》をくすぐる店内は、今夜ばかりは浮き立つようなざわめきに満たされていた。

「マスター、水割りもう一杯いい？」

「飲みすぎじゃねーの、おまえ。規定量をオーバーした分は実費いただきまーす」

「けちくさいこと言うなよ！」

どっと笑い声。

「いいわよ、おめでたい席だもの、一杯くらいあたしがおごってあげるわ」

「おお、ゆんゆん太っ腹！」

「え、じゃあおれも――」

「あんたはダメ」

「ええっ、ゆんゆんつれなーい！」

などと、かまびすしいことこの上ない。

普段よりいっそうにぎやかなのは、やはり女性の高い声が響くからだろう。

そもそも《チェネレントラ》は、客を選ぶ。「女性おことわり」の札でもわかるとおり、普段は男性限定だ。その上、性別が男性であればいいというものでもない。同性同士の恋愛を許容する――むしろ嗜好《しこう》する、そういう男性でないと。

つまりハッテン場か、と知ったふうな顔をする人もいる。男が男をあさりに来る、そういう店なんだろう、と。

そういう一面があることも否めない。

だが、店のマスターとしては、真摯《しんし》な出会いの場を提供したいという信念に基づいてやっていることだ。《チェネレントラ》とは、シンデレラのイタリア名なので。

「さあ灰かぶり姫、舞踏会にいらっしゃい。そしていい男を見つけるのよ。それでね、できることなら、一生添い遂げて。私にできるのはここまでよ、健闘を祈るわ」

そんな魔法使いのおばあさんじみたエールを、寂しい男たちに贈り続けるマスターは、ひどくハンサムな、いたずらっぽく両目をたわめて笑う、柔らかいテノールでやさしい言葉遣いの、身長は百八十センチを上回る、本名を黒田剛《くろだごう》というオネエサンなのだった。

カウンターの内側で、手際よく酒をつくりながらも、ほほえましく客たちの様子を見ていたマスターは、苦笑しながら寄ってきた青年に気付いた。今騒いでる若者たちよりいくらか歳《とし》がいっているようだ。

「ごめんね、マスター、騒がしくて」

このパーティの主催者の一人だった。

《チェネレントラ》のマスター、黒田は、にっこり笑って応《こた》えた。

「いーええ。たまににぎやかなのも新鮮だわ。自分の店じゃないみたい」

男は首をすくめた。

「ホントごめんなさい。いつもはちゃんと礼儀正しい連中のはずなんだけど」

「わかってるわよう。……あの子たちは、カレのお友達？」

黒田は、盛りあがる輪の中心ではにかみながらも嬉《うれ》しそうにしている青年を目線で指した。線の細い、おとなしそうな子だ。

「ああ、うん。専門学校時代の同期だって」

そう答えた男の、「カレ」を見つめるまなざしは、あたたかく、甘い。愛《いと》しくてたまらないものを見る色だ。

「美術関係だったんですってね？　デザインて言ったかしら」

「うん、そうらしい」

「いいお友達に恵まれたのね」

「そうだね」

男は感嘆のためいきをもらす。

「僕らの嗜好は、やっぱり、どうしても眉《まゆ》をひそめられがちじゃない。だから、あいつが友達の前で結婚式の真似《まね》事をしたいって言い出したときは、天地がひっくり返るくらいびっくりしたよ」

黒田は微笑した。

「カレ、あんまりそういうこと言い出しそうにないものね」

「でしょう？　でも、友人はみんな知ってるから大丈夫だって…、いろいろ悩んでたときに相談に乗ってもらったり支えてもらったりした連中で、いい人にめぐり会えたっていうのをおひろめしたいって言うから」

僕はあんまり気乗りしなかったんだけど、と苦笑する男に、黒田はにんまりした。

「あらあら、さっそく尻《しり》に敷かれてるのね？」

「そんなんじゃないよ、マスター」

「何か飲む？」

「ああ…、じゃあウイスキー・バック」

カウンターでグラスを傾ける男のほうはといえば、おおっぴらに友人に「おひろめ」できない事情があるのだろう。この性癖をどれだけオープンにしているかは人それぞれだ。世間はマイノリティに冷たい。

黒田はちょっと心配になった。

「ちゃんと楽しんでる？　あなたも主役なんだから、すみっこにばかりいちゃだめよ」

するとと男は笑った。

「楽しんでるよ。あいつと仲よくしてる友達から、昔話も聞いたし」

「おもしろいネタはあった？」

「マスターにはヒミツ」

そう言って片目をつぶるので、黒田も意地悪く笑って見せた。

「んまっ。請求書の数字水増しするわよ」

「うわ、それは勘弁してよ」

そうしているうちに、にぎやかな輪から離脱して、一人の女性客がカウンターにやって来た。ゆんゆんと呼ばれていた客だ。

「はー、喉《のど》渇いちゃった」

あれだけしゃべったり笑ったりしていれば、さぞ喉も渇くだろう。黒田はほほえんだ。

「何か飲みますか？」

「ミネラルウォーターください……それともお酒じゃないとだめかしら？」

「だめなんてことありませんよ」

言葉遣いを改めた黒田に、男がちらと口元を歪《ゆが》めた。笑いをこらえたような格好だ。普段はくだけた女言葉なのに、こういう丁寧な口のききかたをするのは、「部外者」相手と知っているのだ。女性は、いわゆるオネエという存在にまだ寛容だが、拒絶反応を示す人もいる。男友達が男の恋人をつくったおひろめに参加するくらいだから、まず心配はないと思うが。

「隣いいですか、川崎《かわさき》さん」

彼女は礼儀正しく先客の男——川崎に訊《たず》ね、許可をもらってから、スツールに腰を落ち着けた。

黒田はミネラルウォーターのグラスを出した。

彼女はそれを一息に飲み干した。

「あー、しみとおる！」

などと嘆声をあげるので、黒田は川崎と一緒になって笑ってしまった。愛嬌《あいきょう》のある女性だ。

川崎がカウンターに肘《ひじ》をついて彼女のほうに向き直った。

「お酒、飲めないんだ？　ええと……中原《なかはら》さん、だっけ？」

「わ、覚えてくださって嬉しいですー。飲めないわけじゃないですけど、あんまり強くないです。シラフでそのテンションか、ってよくからかわれますけど」

「なるほど」

「あの、川崎さん」

中原は表情を改めた。スツールに腰かけた膝《ひざ》の上に両手をそろえる。

「坂本《さかもと》くんのこと、よろしくお願いします。彼、引っこみ思案なところあったけど、今は仕事でもちゃんとアピールもするようになったって言ってて、あたしもそれ聞いて、すごくいい恋をしてるみたいだなって思ったんです。人の心のことだから、あたしが言う筋合いのものでもないんですが、できることなら、泣かせないでやってください」

お願いします、と頭を下げるのを見て、黒田は感動を覚え、川崎はまごついた。

「ああ、ええと……もちろん、そのつもりでいるけど。まいったな、僕なんかに頭下げなくていいよ」

「僕なんか、なんて、言わないでください。坂本くんの好きな人を、あたしも尊重したいんです。自分でそんなふうに言っちゃだめです」

きまじめな様子で続けるのに、川崎も苦笑するしかない。

「ああ、それはそうだね」

そうして、グラスから指を離し、中原に向き合う。

「こちらこそ、大切な友達をかっさらって申し訳ない。大事にします」

「ありがとうございます」

二人して互いに頭を下げあって、顔を見合わせて、ぷっと笑った。

「あー、なんだか、娘をヨメに出す父親の気持ち！」

「僕もだよ」

てれくさそうに笑みかわす二人は、坂本という青年を幸せにしたいという、言わば同志だ。

恋をする人は、それを見守る人も、一生懸命だ。黒田は、その一生懸命な人々、それなのに世間から冷たいまなざしで見られがちな人々、彼らのためにひらいたこの《チェネレントラ》で、こんな光景が見られたことを、心から嬉しく思う。

「川崎さんがいい人でよかった。いやな人だったら、さかもっちんだまされてるよ！　って、あたしたちみんなで連れて逃げるつもりだったんです」

さかもっちん、というのが、川崎のカレのことらしい。坂本というのが本名だ。

「そうなんだ？　合格を出してもらえてよかったよ」

「もう、熨斗《のし》つけて差し上げたい気分です」

「さっきと言ってることが矛盾してるなあ」

「花嫁の父は複雑なんです……」

二人は声を立てて笑った。

黒田は彼女にお代わりを出してやった。

「あ、すみません。……えーと、マスターってお呼びするものでしょうか、それともママ？」

中原は首をかしげ、黒田は噴き出すところだった。

「ママって格好じゃありませんし、マスターでかまいませんよ」

「ですよねー、すごいイケメン！」

「ありがとうございます」

黒田は微笑した。若さゆえのこわいもの知らずは、いっそ羨《うらや》ましいくらいだ。

「えっと……ぶしつけなこと、お訊《き》きしていいでしょうか」

「なんでしょう？」

「マスター、恋人います？」

黒田はにっこり笑った。

「残念ながら、今のところご縁が薄いようで」

「えっ、もったいない！」

「なに、中原さん、マスターみたいな男がタイプ？」

川崎がまぜっかえした。

「えっ、いやいや！　あたしこれでも一応彼氏いますんで！」

彼女はかすかに頬《ほお》を紅くして、手をぶんぶんと否定のかたちに振った。

「あの……恋人にするとしたら、男性、なんですよね？」

遠慮がちに、でも好奇心には勝てない様子で訊ねてくるのに、にこやかに、正直に答える。

「そうですねえ」

「そうなのかー……」

中原はまじまじ見つめてくる。

「おかしいと思いますか？」

「まさか！　さかもっちんみたいな友達がそばにいて、それはないですよ」

彼女はぱたぱたと手を振った。

「気分を悪くさせちゃったらごめんなさい。マスターのハニーってどんな人かなーって、ちょっと興味がわいたものだから」

ハニー、ときた。黒田はますます噴き出しかけた。

「それは僕も興味あるな」

と川崎まで尻馬に乗ってきた。

「マスターの『タイプ』ってどんな人？」

「どんなって、そりゃあ、好きになった人がタイプの人よう」

ついオネエ言葉が出ると、

「えええええ！」

中原にスツールからすべり落ちるくらい仰天された。

「あら、驚かせちゃった」

「そりゃ驚きますよ！　驚きましたよ！」

「気持ち悪くなったかしら？」

「それはないですけど、驚きました。あーびっくりした……」

川崎は平然とウイスキー・バックを飲んでいるが、この店に足を踏み入れるのも初めてだった彼女は、黒田の普段の言葉遣いを知りようもない。まして、黒田はわかりやすく化粧したり女装したりしていないだけ、よけいに予測することができなかったのだろう。

自分が「異物」だと思い知るのは、こういうときだ。黒田は穏やかな笑みに、痛みを隠した。

「丁寧な言葉遣いをしていれば、それほど驚かせないんですけどね。失礼しました」

「いいえ、あの、ごめんなさいこっちこそ」

中原はぺこんと頭を下げた。そっかー、ウケかー、などとひとりごちているのは、何のことだか。

「え、じゃあ普段は女物の服着たりします？」

彼女の疑問はどんどん深みにはまってくる。

黒田は笑った。

「着ませんよ」

「あ、そうなんだ……」

「致命的に似合わないので」

そう付け足してやると、また微妙な顔つきになる。

「着てみたいですか？」

「そうですねえ。できることなら、パステルカラーの、淡いピンク色なんてかわいいですよね、フリルがいっぱいついたのなんて着てみたいんですけど、この体格に似合うのは、せいぜいのところフリルシャツですから」

しかし、それはタキシードに合わせるものであって、女性用のデザインではない。

「あー、んー」

中原嬢はもごもごしていたが、瞬間、ぱっと表情を明るくした。

「あたしの友達に、プロのメイクさんいるんですけど。ほら、ありますよね、写真館なんかで、とっておきの一枚を撮りますっていうプラン。ああいうので、すごくきれいにしてくれるんです。あたしも練習台になったことあって、ほんと、別人にしてくれますよ！　それだったら――」

黒田はにこりと微笑した。

「お気持ちだけ、ありがたくちょうだいしておきます」

彼女は表情をくもらせた。

「あー……すみません、あたし、無神経なこと言ってるでしょうか」

「いいえ、そんなこと！　こちらこそ、せっかく勧めてくださったのに、申し訳ないくらいです」

そこへ、厨房《ちゅうぼう》から料理人が出てきた。手にしたトレイには、四角いケーキを盛りつけ、チョコレートソースで模様の描《か》かれたデザート皿が人数分載せられている。つやのあるキツネ色の表面、濃いク

リーム色の断面は、ベイクドチーズケーキだ。

「サービスです。お口に合えば」

テーブルに運ばれたそれを見た女性陣の目が輝き、響きのいいバリトンがそう言うと、彼女らは歓声をあげた。

「ゆんゆーん、早く来ないとなくなっちゃうよー。川崎さんも！」

慎みも忘れたようにケーキ皿を確保した誰かが呼んだ。

「ちょっと待ちなさいよ、もう！」

中原嬢は川崎に声をかけ、二人そろってサプライズデザートを取りにいった。

「川崎さんも、もっちんを一人にしといたらだめですよー」

「ごめんごめん」

若い彼らに冷やかされて、川崎は、友人の輪の中にいた、小柄な恋人に声をかけた。

そのまま何事か親密そうに話すのを、黒田はほほえましく見やった。

かなうことなら、あの二人がいつまでも幸せでいられるように。

指輪の交換の真似事でもしてやればよかった、と思ったとき、料理人が戻ってきた。

《チェネレントラ》自慢の料理人だ。ここで働く以前は、多国籍料理の店で厨房責任者を務めていたが、黒田とはタイプの違うそのハンサムな顔にきゃあきゃあ言う女性客に辟易《へきえき》して辞めたという過去がある。幸いにして今日は、女性たちの鋭い視線は、チーズケーキに集中していたようだ。関口《せきぐち》という、

「やれやれ、かしましいこった」

小声でぼやくのを聞けば、この男が真性の女嫌いであるらしいことがわかる。

「よくやってくれたわね、チーズケーキなんて」

関口はかるく鼻を鳴らした。

「ああ、まあ、たまたま仕入先でクリームチーズが半額だったからな」

「私の分もあるかしら？」

「あとで厨房に来いよ」

「楽しみだわ」

ケーキを食べたら、おひらきの時間だ。坂本がカウンターにやって来た。

「マスター、今日は本当にありがとうございました」

どこかリスのような印象のある青年は、目を潤《うる》ませていた。黒田はほほえんだ。

「川崎さんと仲よくね。もううちになんか来ちゃだめよ」

「わかってます」

こくりと顎《あご》を引く様子はけなげで、思わず抱きしめたくなる。中原が、花嫁の父の心境と言う気持ちもよくわかった。

「泣かされたら、またいらっしゃい。私が川崎さんにお説教してやるから」

「そうします……本当に、ありがとう」

そうして、名残惜《なごりお》しそうに挨拶《あいさつ》を交わしていた客たちが帰っていって、にぎやかな夜は終わりを告げる。

が、後始末はこれからだ。店内を片付け、椅子《いす》やテーブルの配置を戻し、今日の売り上げを勘定して金庫にしまい、厨房で皿洗いを手伝って、ようやく本当に今日が終わった。

「お疲れさん」

カウンターでぐったりしていると、関口が約束どおりチーズケーキを持ってきてくれた。

「関口もね。……ああ、すごくおいしそう」

ケーキ皿には、ちゃんとチョコレートソースでツタ模様も描いてある。早速フォークで口に運ぶと、濃厚なクリームチーズとレモンの風味が、舌の上でとろりととけた。甘すぎなくて、いくらでもいけそうだ。こんな時間に食べるには、少々カロリーが心配だが。

「ケーキまで焼けるのね。知らなかったわ」

「何でもひと通りはつくれるぞ。この店じゃ必要ないけどな」

「そうねえ」

黒田は笑った。基本的に、客が男ばかりの《チェネレントラ》では、甘いものを求められることはない。デザートには、飲むチョコレートという趣《おもむき》のカクテル、アレキサンダーでもつくれば十分だ。

関口はコーヒーを持ってきて、隣に腰かけた。

「関口の分は？」

「先に味見したからいいよ」

「私にもコーヒーちょうだい」

「インスタントだぜ？」

「じゃあいいわ」

「なんだよ」

「だって、おいしいケーキにはいいコーヒーじゃないともったいないでしょ？」

「そりゃ光栄だ」

黒田はゆっくりとクリームチーズのかたまりを口に運んだ。この味わいなら、ワインでも合うかもしれない。毎日でも食べたい。

半ばうっとりしていると、横から視線を感じた。

「なに？　やっぱり食べたい？」

ひと口譲ってやろうかと差し出すと、関口はまったく関係ないことを言い出した。

「機嫌はなおったか？」

黒田はきょとんとした。何を唐突にそんなことを訊くのだろう？

「私、機嫌悪かったかしら？」

「悪くはないけど、ちょっと落ちこんだろ？」

「落ちこんだ？」

指摘されて、記憶を反芻《はんすう》する。ひっかかったのは、中原との会話だ。男でいるにも、女に擬態するにも、中途半端な自分という存在に、ちょっとためいきをつきたくなった。

だが、そんな自己嫌悪は、べつに今に始まったことではない。むしろ、その場にいなかったのに、そして黒田は彼に背を向けていたのに、厨房と店との間にうがたれた小さな窓から、そんなささいな変化を見てとった関口の洞察力の鋭さに驚く。長い客商売、感情を表に出さないことには慣れているのに。

関口はふんと鼻を鳴らす。

「メイクでちょっと変身できりゃすむって問題じゃないのにな。これだから女はあさはかだってんだ」

そこまで見抜かれていると、黒田としては苦笑しか出てこない。

「そんなこと言わないで。気を使ってくれたんだもの、ありがたいわ」

「人のいい」

「厚意は無下《むげ》にできないでしょ」

再び鼻を鳴らした男は、依然としてこちらを見ている。

黒田は、ぼんやりとその顔を見返した。よく見ると、などと言うと失礼なくらい、この料理人はいい男なのだった。いまどきのイケメンにありがちな甘い顔立ちではなく、どちらかというとその対極にある貌《かお》は、時代劇で二枚目の主演がはれそうなくらい骨太な、苦み走ったものだ。笑うと目尻にしわができて思いがけない愛嬌が表れ、ひとくちに言うと、すてきなのだった。齢《とし》は確か、自分より二つ上だったように思う。

ことにいいのはバリトンの声で、それが少々ぞんざいな言葉遣いでしゃべるのは、男っぽくていい感じだ。

不実なのか誠実なのか、ひんぱんに恋人が変わるが、二股《ふたまた》はかけない主義だと聞いた。別れるときもきれいに別れて、つまりそこまで含めて「大人」のつきあいをしているのかもしれない。

フォークをくわえたまま、どのくらいぼーっとしていたのか。視線の先の顔が、怪訝《けげん》な色をうかべた。

「マスター？」

「え？」

「どうした？　疲れてるのか？」

「ああ……なんでもないわ、ごめんなさい、ぼんやりして」

「大丈夫か？」

関口は黒田の顔をのぞきこんで、顔に手を伸ばしてきた。反射的に目をつぶると、額に一筋落ちた前髪をかきやられ、額に手を押し当てられた。子供の熱をはかるようなやりかただ。

ところが、自分の額より、関口の手のほうがあたたかい。それに気付いたか、男も苦笑する気配があった。

「熱はないな」

けれども、黒田には、それはどうでもいいことのように感じられた。額があたたかい、人の手があたたかい、それだけが重要なのだ、と。

そして、できるだけその温度をそばに置いておきたい、と。

「……マスター？」

間近で男の息遣いを感じた。コーヒーの香りがする。顔が近いのだ。

静かに目をあけると、予想していたより近くに、男前な顔があった。

「………」

「………」

互いの鼻先十センチという距離で、しばらく無言で見つめ合って——先に口をひらいたのは相手のほうだ。

「もうひと口、残ってる」

そうして黒田の手からフォークをとり、ほろりとくずれてくるケーキを慎重に刺すと、口元まで持ってきた。

黒田は無心に口をあけ、それを食べた。その間、どちらからも視線がはずれることはなかった。

黒田はゆっくり微笑した。

「……ごちそうさま。おいしかったわ」

関口の目尻に、例の笑いじわができた。

「そりゃよかった」

それからどうやって店を出たか、よく覚えていない。フラッシュバックのように関口のアップがよみがえり、その手からチーズケーキを食べたことがよみがえり——正気だったら噴飯ものだ——何だったんだろう、今のは、と気がついたのは、黒田が一人暮らしのマンションに帰ってきて、部屋の明かりをつけたときだった。

◇　◇　◇

マホガニーのドアを押しあけて入ってきたのは、おなじみの二人連れだ。客たちの視線が値踏みするように向けられ、そのまましばらく吸い寄せられるように彼らの上にとどまるのは、そろって長身のせいか、それとも、片方がかもしだすそこはかとない色気のせいか。

単に、二人連れというのが珍しいだけかもしれないが。ここ《チェネレントラ》は、そもそもからして、独り身が寂しい男の、恋を探しにくる店だ。

黒田はにっこりした。

「いらっしゃい、平井《ひらい》さん、平沢《ひらさわ》ちゃん」

「こんばんは、マスター」

黒田がひそかに「ヒラヒラコンビ」と呼ぶ二人は、カウンターの定位置に陣取り、ギネスを注文した。

「あと、おすすめサラダとフィッシュ・アンド・チップス」

「…と、マウルタッシェン」

それぞれの好物を注文するのも定番だ。

黒田は二人の前にコースターをセットしながら言った。

「今日のおすすめサラダはシーザーサラダですって」

料理人がその日その日で内容を変えるサラダは、二十種類ほどレパートリーがあるらしい。どれも美味と評判だ。

平沢がうなずいた。

「いいね。温泉卵のトッピングつき？」

「もちろんよ」

「楽しみだ」

オーダーを厨房に通すうちにも、新来の客は何やかやしゃべっている。

「なんだ、温泉卵が好きなのか？」

「自分じゃつくらないからな。たまに違ったものを食べるのは楽しみだろう」

「早く言やいいのに。今度おれが食事当番のときにつくってやるよ」

平沢の目をみはる気配が伝わってきた。

「つくれるのか？」

「簡単だ」

「それは知らなかった」

黒田は二人のもとにギネスを運んだ。

「あら、自分でつくれるなんて言わないで、もっとうちにお金を落としてってくれなきゃあ」

平井は首をすくめた。

「商売上手だね、マスター」

「当然よう」

いい男が二人そろって売約済みなのだから、この店にくる寂しい客たちの恨みを晴らすためにも、せいぜい売り上げに貢献してもらおう。

「こないだは『ここはあんたたちみたいなリア充が来る店じゃないのよ』って言ってたくせに……」

平沢が小声でぼやく。意味がわからなかったらしい『リア充』という単語を、よく憶えていたものだ。ちなみに黒田も知らなかったそのネットスラングは、とある客が教えてくれた。リアル、つまり実生活——多くは恋愛面について言う——が充実した、けしからん連中のことを指すらしい。

「だって、ハントするわけでもない客なんて、席をふさぐだけだと思ったんだもの」

「マスターがハントなんて言うと、途端に生々しくなるな……頭からぱっくり食われそう」

黒田はにんまりする。

「二人とも食べごたえがありそうで嬉しいわ」

「勘弁して」

平沢はげんなりした顔つきでギネスを飲んだ。

リン、とかろやかな呼び鈴の音がして、黒田は振り向いた。厨房との窓口に、サラダが置かれている。

「先に、三番の分だ」

「ありがと」

黒田は料理人の顔を盗み見た。煙草《タバコ》をくわえるようにシナモンスティックをくわえた男は、先月恋人と別れたばかりだ。カウンター席、窓口の正面に座る『リア充』が忌々《いまいま》しくはならないだろうか。見たところ、黙々と立ち働く様子はいつも通りで、すでに失恋の痛手から立ち直ったようでもあるが。

……ま、八つ当たりするほど子供じゃないでしょうけど。

黒田はその可能性を自分で打ち消して、三番テーブルにサラダを運んだ。

カウンターの二人連れは、最初のギネスを飲み終わると、次はめいめい好きなスピリッツを飲んでいる。

黒田はさりげなくその様子を観察した。

平沢という青年は、もともとあまり人当りがよくなかった。顔だちは整っているが少々冷たく、おせじにも愛想がいいというわけではない。

彼が初めてこの店に来たのは、二、三年前になるだろうか。いつもカウンター席の端——そう、今は彼の連れとなっている平井が最初に座った位置だ——に座り、適当に飲みつつ、時折店内に視線を流す。相手を探しているようでありながら、自分から誘うことはなかった。声をかけてきた男が気に入らなければ断り、気に入れば一緒に出てゆく、そういうことをくりかえしていた。

もっとも、「くりかえしていた」と言うほどには、通ってくれたわけではなかったのだが。多くて月に二度ほど、まったく姿を見せずに三ヶ月ということもあった。

それでも憶えていたのは、やはり貌のせいだろう。カウンターに座る客があまり多くないということもある、店内に背を向ける姿勢のため、出会いを求める客はどうしても避けがちになるから。

しかし、そんなことより何より、一度寝た（と思《おぼ》しい）相手にそっけない態度をとる、ということが一番だ。

確かに、ここには、一夜限りの恋人を探しにきたという男は多い。だがそれでも、よほど相性が悪かったのでなければ、次に顔を合わせたときも、今夜どうだ、という話になることも少なくない。むしろ、そうして逢瀬《おうせ》を重ねて、パートナーとしてずっと一緒にいるようになるカップルも多い。先週ここでパーティーをしたあの二人のように。

だが平沢という青年は、やあこないだはどうも、と寄ってくる相手に、ひどくつれないのだ。隣に座って飲むことを許したとしても、適当な用をつくってはすぐに帰ってしまう。まるで、前回寝たのは何かの間違いだったかのように。

それが何度も続いて、これは本当に一夜だけの「相手」――「恋人」ですらない、それはひどく乾いた印象だ――を探しにくるのだ、と気付いた。一晩肌を重ねる相手がいさえすればいい、と。

そうして、そんなふうな彼ににべもなくふられた客が激昂《げっこう》して悶着《もんちゃく》が起きそうになったとき、黒田は平沢をアルバイトに雇った。というか、カウンターの内側に引きこんだ。

この店では、客は従業員を口説いてはいけないことになっている。競争率の問題で取り決めたことだったが、こういうときには便利だ。

平沢は何を考えていたのか、すんなりオーケーした。

それからの平穏な日々といったら！　平沢のクールな物腰は、客に誤解させないという点では、非常に役に立った。

平沢というのはそんな人物だったが、ある日ふらりと現れた平井という男とは、何がうまくかみあったのか、つきあいが続いているようだ。よく注意して見ないとわからないほどだが、目元がやわらいでいる。笑うことが増えた。声音《こわね》にまるみが出た。

よしよし、と黒田は人知れず微笑した。恋をするのはいいことだ。幸せな恋なら、さらに言うことはない。

リン、と窓口から呼ばれた。湯気をたてるスープ皿は、マウルタッシェンだ。カウンターは平井の注文である。

「はい、おまちどおさま」

「ありがとう」

本場のマウルタッシェンは八センチくらいの大きさがあるらしいが、この店で出すのは、その半分、ラヴィオリていどに作られたものだ。平井は早速スプーンを手にとり、スープに泳ぐドイツ風水餃子《すいぎょうざ》をひと口に入れた。

が。

「……?」

ちょっと首をかしげ、ふしぎそうな顔つきで咀嚼《そしゃく》していた平井は、口の中のものを飲みこむなり、激しくむせた。

「ちょ、ま、……から……っ」

そう訴えた声がかすれている。

「え⁉」

黒田はびっくりした。隣で平沢もきょとんとしている。

「水くれ……」

何とも言いがたい顔つきで悶絶する平井に、黒田は慌ててミネラルウォーターを差し出した。

十二オンスタンブラー一杯の水を一息に飲み干し、平井は、はあっと盛大に息を吐き出した。

「すげーからい！　なんだこれ」

皿に残ったのをスプーンで半分に割ってみると、ひき肉とほうれん草であるはずの中身に、不吉なほど赤いものがまぎれこんでいる。——鷹《たか》の爪《つめ》だ。

こんなイタズラができる人物といえばただ一人。黒田は厨房を振り向いた。

「ちょっと、関口！　うちの売り上げを落とすつもり⁉」

叱責《しっせき》された関口は、受け渡し口から顔をのぞかせると、憎々しげに歯をむきだし、カウンターの二人に向けて中指を立てて見せた。つまり、明らかに故意でやったのだ。

黒田はさらに叱《しか》りつけた。

「下品な手つきしない！」

「いったい何の恨みがあって……」

平井は眉尻を下げて、好物であったはずの料理をスプーンでつつきまわしていた。

黒田は慌てて謝った。

「ごめんなさいね平井さん、お詫《わ》びにお代はタダでいいわ。何でも好きなもの頼んでちょうだい」

平井はうーんとうなった。

「……料理はもう頼まないほうがいいのかな？」

「こっちはべつに何ともなさそうだが」

平沢が言うのは、それ以前に出されていたフィッシュ・アンド・チップスと、シーザーサラダだ。

「さすがにそれにはイタズラしにくそうねえ」

「わからないぞ、温泉卵に何かしかけが」

「あってたまるか」

平沢はフォークでどこもかしこもとろとろの卵をかきくずし、レタスなどと混ぜ合わせた。

「食うか？」

「うーん……」

「毒見してやるよ」

平沢は親切に、両方とも吟味した。

「大丈夫だ」

そうして取り分けてやる姿は、他の誰に対しても見たことはない。黒田は、先ほどの騒ぎも忘れて口元を笑ませた。

白身魚のフライを口に入れつつ、平沢が推理する。

「マウルタッシェンを注文するのは、おまえだからな。つまりおまえを狙《ねら》った犯行だってことだ」

「だろうなあ……」

「何か恨みを買った覚えは？」

「いいや？」

そもそも接点がない、と首をかしげる平井に、黒田もそうだろうと思う。

「本当にごめんなさいね。関口ったら、こないだ恋人と別れたのよ。そのせいで、うまくいってるあなたたちが妬《ねた》ましいのかもしれないわ」

平沢が目をみはり、背後から声が飛んできた。

「マスター、よけいなこと言うな」

「はいはい」

黒田は肩をすくめる。

「別れたって、理由は？」

平沢が興味を持ったようだ。

「さあねえ。関口は何も言わないし、私も詮索《せんさく》しないわ、プライベートだもの」

「仕事に差し障りが出るって、雇い主権限で問い詰めたら？」

「わざわざそんなことしないわよ、実害があるわけでもなし——あ」

黒田は口を手で押さえた。実害なら、たった今、自分の目の前で、発生したばかりではないか。

微妙な顔つきの平井に、慌てて詫びる。

「そうよね、ごめんなさい、ほんとに」

しかし、そうとは言っても、気が進まない。

黒田は二週間前の出来事を思い返した。この店の客だった二人が、一生添い遂げる覚悟を決め、友人を招いて、結婚披露の真似事をした、その夜のことだ。宴果《うたげ》てて、互いにねぎらいあっている最中に、おかしな――まったく「おかしな」としか言いようのない雰囲気になった。

どう考えても、男が男に「あーん」はないだろう。よほど仲のよい友人同士ならあるのかもしれないが、関口と自分はそんな関係ではないし、もういい加減大人なのだから、そんなふうにべたべたしたつきあいかたはしない。

……ということを、家に帰ってから思って、次の日、かるくからかってみたのだ。恋人にはしてあげるのかもしれないけど、他の人にまでしたら、恋人が妬《や》くからおやめなさいな、と。

それに対して、関口は答えた。

「あいつなら、別れた」

「……え？」

「別れたんだよ」

黒田は驚いた。そんなそぶりはちっとも見えなかったではないか。

「いつ？　どうして？」

「どうしてって、お互い一緒の時間がとれなくなってな」

「そんな……」

黒田は我がことのようにショックを受けた。関口は恋人ともべたべたするタイプではないが、だからこそ、たまに黒田の前で、さっぱりとのろけたりするのがニクイなあ、などと思っていたのに。

「マスター、手がとまってるぞ」

　指摘されて、黒田は慌てて作業を再開した。仕込みの手伝いに、カナッペ用のバゲットをスライスしている途中だったのだ。

「ねえ、もう取り戻しはつかないの？」

　関口はごくあっさりと答えた。

「つかないわけじゃないが、つけようとも思わねえな。もう切れたんだ」

「……そう」

　恋を失うのはつらい。他人のものでさえそうなのだ、まして自分のだったら、そのつらさはいやますだろう。

　関口は皮肉っぽく笑った。

「人の心配より、自分はどうなんだ。いつまで他人の世話ばっかり焼いてるつもりだ？」

　黒田は口をつぐんだ。痛いところを衝《つ》かれた。

「《チェネレントラ》のマスターは、貌もボディもいいのに、惜しむらくは色気がないってもっぱらの評判だぜ」

「大きなお世話よ」

「そのセリフ、そっくりお返しする」

　そんなやりとりをした。

　脳裏によみがえるのは、あの夜、関口からつきつけられた問いだ。

――いつまで他人の世話ばっかり焼いてるつもりだ？

しかしそれのどこが悪い、とも思う。魔法使いのおばーさんは、迷える子羊がみんな幸せになれたら、それだけでいいのだ。……ちょっといろいろ混ざっているが。

「別れた、ねえ……」

平沢は、視線をぼんやりと投げ、ジン・バックのグラスを撫《な》でて、手持ち無沙汰《ぶさた》な指先を水滴でぬらしている。背の高いゾンビーグラスの、縦方向になぞるしぐさは、どことなく性的なものをにおわせる。

黒田はひそかにためいきをついた。一夜の恋人を探しているならともかく、恋人が一緒でまでこうもフェロモンを垂れ流しているとは、無意識なのか、それとも、恋人が一緒だからこそ、あふれ出してしまうのだろうか。

そんなことを考えていると、やはりその手つきに目をとめたらしい平井と視線が合った。ちょっとてれたような笑みをうかべたところを見ると、こちらにもいやらしく見えるらしい。

「苦労が多いわね、平井さん」

平井は首をすくめた。

「おかげさまで」

「……なんだ？」

二人の間にかわされた目配《めくば》せの意味がわからなかったらしい平沢が、ちょっと眉を寄せた。

「魅力的な恋人を持つと苦労が絶えないって言ったのよ」

「マスター、そんな恋人できたの？」

「できてないわよ！　どうせ寂しい独り身よ！　かわいくないわね、もうっ！」

「なんでキレるんだ……」

平沢は、さわらぬ神に祟《たた》りなし、とばかり、あさってのほうを向いてグラスに口をつけた。

「マスター、悪いんだけど、これさげてもらえる？」

平井は、すまなそうに「特製」マウルタッシェンの皿を指した。

「そうね、ごめんなさい、気がつかなくて」

「あ、ちょっと待って」

平沢は横から手を出して、先ほど半分に割られたそれをスプーンですくい、口に入れた。

平井が目をまるくした。

「おい――」

平沢は顔をしかめてそれを飲みこんだ。けほっとむせる。

「……ほんとにからい……」

「嘘《うそ》ついてないだろ？」

それでも、半分だけだったので、傷は浅そうだ。平沢はジン・バックを飲み干した。

「なんだよ、つきあってくれたのか？」

ふにゃりと、先ほどとは違う意味で眉尻を下げた平井に、

「やっかまれたなら、連帯責任だろ？」

などと笑った目元がつやっぽかった。

黒田は二人を白い眼《め》で見やった。

「……関口に、唐辛子増量しろって言ってやろうかしら」

二人はそろってぶんぶんと首を振った。


店内の掃除を終えると、黒田は厨房で立ち働く料理人に訊ねた。

「ねえ、関口」

「なんだ？」

「……新しい恋は見つけないの？」

そう口にした途端、我ながらそのやりかたのまずさに頭を抱えたくなった。なんて芸のない、直接的な、しようのないことを訊いたものだろう。

関口はにやっとした。

「世話好きの《チェネレントラ》マスターに心配されなくても、適当にやるさ」

「こっちだって酔狂で言ってるんじゃないのよ、また料理に山ほどの唐辛子を盛られたんじゃ、客が離れるわ」

「心配しなくても、他の客にはしないよ」

「あきれた。やっぱり平井さんをいじめたかったの？」

「いじめるなんて人聞きの悪い。ちょっとしたイタズラだろ？　あいつら、ふられた人間の前でいちゃいちゃしやがるから」

「イタズラにしちゃ度がすぎてない？」

「とんがらしくらいで死にゃしないよ」

確かにそれはそうなのだが。現に平井も、もうけろりとしていたのだが。それどころか、注文した料理が出てくるたび、今度は何がしこまれているかと、連れと遊んでいたくらいなのだが。

なんだかもやもやする。関口は気のいい男で、罪のないいたずらはよくしたが、食べられない料理を出すようなことは、料理人の誇りにかけても、しそうにないのに。黒田は眉を寄せた。

関口は口元を歪めた。

「ふられ男のやっかみさ、気にすんな」

黒田は注意深く訊ねた。

「ほんとにそれだけ？」

「他にどんな答えがほしいんだ？」

「……ほしいわけじゃないけど」

いや、ほしいのだろうか。この男が、珍しくもらしくないふるまいに及んだ理由が。「ふられ男のやっかみ」以外の、その理由が。

この男は、平沢と寝たことがある。それで彼の「新しい男」に嫉妬した――そんな理由はなかったか。

関口は皮肉っぽく笑った。

「人の世話を焼く前に、自分のほうはどうなんだって言ったよな？　まるでおまえさん、結婚相談所の所長が独身でいるみたいな格好だぜ」

「……わかってるわよ」

黒田は口をとがらせた。

関口は、ステンレスの作業台をすみからすみまで拭《ふ》きあげている。相変わらず仕事はきっちりする男だ。

「いい子だったの？」

「何が？　……ああ」

男は、それが別れた恋人のことを訊ねているのだとわかったようだ。肩をすくめた。

「まあ、悪いやつじゃなかったよ」

「うそつき」

と黒田は断じた。

「平沢ちゃんたちをやっかむくらいダメージが大きかったなら、素直に言えばいいじゃない」

関口は相変わらず飄々《ひょうひょう》としている。

「言ったところでどうにもならねえしな」

「だからって――」

「なんだ、今回はばかに絡むな」

「……」

黒田ははたと我に返った。

そう、だろうか。そうかもしれない。何を自分はむきになっているのだろう？

ふられたと言って店に来る客に対するみたいに、残念だったわね、また新しい出会いがあるわよ、という通りいっぺんの慰めと励ましが、どうして出てこないのだろう。

関口は、布巾《ふきん》をぽいとほうった。

「おれがあいつと別れて傷ついたって言えば、慰めてくれるのか？」

黒田は目をみひらいた。

「……え？」

「そうだな。独りは寂しいし――」

「え、え？」

「慰めてくれるってんなら、乗ろう。おまえの部屋でいいか？」

「ええ？」

「かわいそうな男を慰めてくれよ」

「え――」

そして黒田が慌てている間に、そういうことになってしまったのだった。

◇◇◇

黒田が関口を知ったのは、偶然だ。《チェネレントラ》のオープンから二ヶ月ばかり経《た》っただろうか、噂《うわさ》を聞いた客が、ようやくちらほらと寄り始めたころ。

ふらりと現れてカウンター席に座った背の高い男、それが関口だった。

いい男だな、というのが第一印象だった。「イケメン」と評される男にありがちな軽さはなく、どちらかといえば古風な顔立ちだ。それがいやみでないのは、どこか飄々とした雰囲気のせいかもしれない。

スコッチウイスキーを注文して——低い声も魅力的だった——店内をゆっくりと見回す様子は、物珍しいというわけでなく、どちらかというと、照明器具のデザイン、壁にかけられた抽象画、壁紙の色合い、そういった内装を吟味しているというふうだった。値踏みされているのだろうか、と、黒田は緊張したのを覚えている。

「この店は、酒だけか？」

のんびりとした様子で、男は訊ねた。

「ええ」

と黒田は短く答えた。

そのときは、酒しか出していなかった。もともとはダイニング・バーだった店舗なので、立派な厨房はあったが、黒田一人では手がまわらないのが現状だ。誰か雇うにしても、いい料理人のあてがなかったせいもある。

「フードを出すつもりはないのか？」

「残念ながら、今のところは」

他の客からも、何かつまむものがほしいという要望がないではないのだが、今の時点では考えていない。もう少し経営が軌道に乗って、資金面で人を雇う余裕ができればいいのだが。

「そうか」

男はそう答えて、二、三杯飲んだだけで帰った。

客を逃したかも、と、そのとき痛切に感じた。酒だけでなくフードを、と希望したのは、この男が初めてではなかったにもかかわらず、だ。

ところが、数日後、男はまた現れた。そして、ひそかに安堵《あんど》した黒田に、こう言ったのだ。

「おれは料理人なんだが、働き口を探してる。よければ、ここで使ってみないか」

その売りこみを受けて、試しにと、いろいろ作らせた料理を試食したところ、非常に美味だった。黒田は即座に雇い入れることにした。

勢いだけで決めてしまったようなものだった。慎重な自分にしては珍しいことだ。

相手がいい男だったというのも理由のひとつではあろう。一緒に仕事をしてみれば、性格もいいことがわかった。もっとも、それは場合によって、「いい性格をしている」と表現したほうが合うこともあるのだが。

貌に似合わず、いたずら好きなのも知った。

初めてしでかされたのは、新メニューの試食にと、プレートに、みっつばかり盛りつけられたカキのベニエを出されたときのことだ。ベニエとは衣をつけた揚げ物で、要するにフリッターのことらしい。

黒田はひとつを口に入れ、咀嚼した。さっくりした衣から、じゅっとカキのエキスがあふれる。添えられた紅白のソースは、トマトソースとアンチョビクリームだろうか、ニンニクの風味が効いていておいしい。もうひとつにフォークが伸びる。

その様子を眺めながら、関口は何でもないように話した。

「今日、ここに来る途中で、でかいカタツムリを見つけてさ」

「ふうん？」

「あんまり立派なサイズだったもんで、エスカルゴの代わりにならんかなと思って――」

「それは無理だと思うわよ。日本のカタツムリは、エスカルゴとは種類が違うそうだし」

と言ったところで、関口はちらりと含みありげな視線をよこした。

「……うまくなかったか？」

「……え？」

黒田はぎくりとした。

「やだ、ちゃんとカキだったわよ!?」

関口は笑った。

「ああ、それじゃあはずれだな。このみっつのうち、ひとつがそのカタツムリなんだ」

「ちょっと……冗談でしょ？」

黒田はひきつった笑みをうかべた。

プレートには残りひとつのベニエ。見た感じでは、先のふたつと変わりない。

「どうぞ」

と勧められたが、腰が引けた。いくら何でもそんな非常識なことはしないと思うのだが、絶対にしないと確信できるほどには、まだ相手のことを知らなかった。

すると、関口はそのひとつを無造作につまみあげ、ぎょっとする黒田をしりめに、口にほうりこんだ。

「冗談だよ」

そう笑った顔が、いたずらっぽくて愛嬌があって、怒る気も失《う》せた。

「もう、やめてよ！　驚いたじゃない！」

「驚かせ甲斐《がい》があって楽しいよ」

そういうことはしばしばあった。黒田は、試食をもちかけられるたびに、少々身構えて臨むのだが、忘れたころにしかけられるので、その点、関口はいたずらのタイミングを読む天才としか思えなかった。

もっとも、これまでは、実害があるいたずらは一度もなかったのだが——唐辛子を大量に混ぜこまれるなどは、まして、店に来る客に。

それほど、今度の別れがこたえているのだろうか。思わず「リア充」に八つ当たりをしたくなるほど？

それほど——恋人のことを愛していたのだろうか。独りの寂しさを慰めるため、黒田の部屋に押しかけようとするほど？

……だからといって、「慰め」はべつに、肉体的な意味合いを含むとは限らないのだ。関口は店の残り物のカチャトーラや玉ねぎのカレーマリネを持ち出し、黒田は明日の朝食を仕入れがてら二十四時間営業の大型スーパーで手ごろな値段の焼酎《しょうちゅう》などを買いこみ、二人で黒田のマンションに帰ってきた。

「きれいにしてるな」

部屋を見回して、客はそう言った。

「やっぱりおまえの部屋にして正解だった」

「まさか、男やもめにうじがわいてるんじゃないでしょうね」

「そこまでひどかないが」

黒田の部屋は、普通の１ＬＤＫだ。契約するとき、浴室にこの長身が収まる浴槽がついているのが決め手となった。

「もっとピンクでファンシーな部屋かと思ったら、そうじゃないんだな」

「何よ、それを見物にきたの？」

「……ちょっと楽しみだったかな？」

首をかしげる関口に、黒田は笑った。

「私じゃ似合わないでしょ」

部屋はシンプルにチョコレートブラウンと淡いベージュでまとめてある。もともと美しいもの、きれいなものは好きなので、サイドボードの上の写真立てには、ミュージアムショップで買い集めた美術品のポストカードをとっかえひっかえ飾ったりもしている。今月は古代ギリシア彫刻の傑作、「円盤を投げる人」だ。美しいプロポーション、洗練された筋肉、その躍動感。美の極みだ。

ところが、関口言うところの「ピンクでファンシー」な部屋では、その中にこの身を置くとしたら、どうにも合わない。浮く。それは不本意だ。

「座っててちょうだい」

二人がけのソファは客人に譲ることにして——男二人が並んで座るには狭い——自分が座るためには、寝室からクッションを持ってこよう。そうして動きまわっていたので、

「私〝じゃ〟似合わない……？」

と関口がどこか難しい顔で呟《つぶや》いたのには気がつかなかった。

黒田は、リビングの片隅にしつらえられたキッチンでグラスを出した。

「焼酎は、水割り？　ロック？」

「ロック」

「久しぶりにアイスペールが使えて嬉しいわ」

食器戸棚から、クリスタルの美しさに惹《ひ》かれて買ったものの、独りではなかなか使わないアイスペールを取り出す。グラスとともに、一度拭《ぬぐ》いをかけて光らせると、いよいよ出番だ。

カチャトーラをあたため、マリネやピクルスをプレートに盛りつけ、クラッカーと一緒に供する。

「お待たせ」

「悪いな」

そうして二人で飲みながら、別れた相手はどんな人だったのか、そもそものなれそめや、別れた理由などを、関口のしゃべるままに聞いているうち、どういう流れでそんな話になったのだったか。

「そりゃ、うちは相手を探すための店と思われてもしかたないけど、私としては、一生のパートナーを探すための場として使ってほしいと思ってるのよ。意気投合してその夜のうちにベッドイン、ても、べつに非難はしないけど、感心もできないわ」

「その割に平沢をよくかまってるじゃないか？　あいつ、今でこそ例の男とつきあってるみたいだが、それまでは入れ食い状態だったぜ？」

「だから、感心はしてなかったわよ。平井さんと続いてると知って、ほっとしてるの。平沢ちゃんは魅力的だけど、とっかえひっかえしてるとこ見てると、なんだか危なっかしくて」

「ご親切なことで」

関口は皮肉っぽく笑う。

「ほっといて」

黒田は鼻を鳴らした。正直な話、この男におせっかいをからかわれるのは、胸の内側の柔らかいところを針でひっかかれるような心地がするのだけれど。

痛い、でも声をあげるほどではない、でもひっかかれていることを感じる。かすかに、ちくちくと、ささくれが何かの拍子に皮膚に食いこむように——つまり、気にしているのだ、この腕のいい料理人、一緒に店を盛り立てる同士、不実なわけでもないのにちょくちょく恋人の顔がかわる、この男前のドンファンの言葉を。

コンプレックス、だろうか。黒田には久しく恋人と呼べる相手がいない。

「おれはべつに、カラダから始まる恋愛があってもいいと思うがね」

と関口は刺激的なことを言う。

「恋愛のない肉体はあるが、肉体のない恋愛はない。だろ?」

肉体とはつまり、肉欲のことだ。セックスしたいという欲。

「それは、わかるけど。それだけだとなんだか落ち着かないわ。肉体もないがしろにはできないけど、本当に好き合ってるっていう実感が大切でしょ」

「まだ若いくせに、枯れたこと言ってんなあ」

関口は笑う。

「平沢なんて、例の男と会ったその日のうちに寝てるぜ?」

「——え!?」

黒田は仰天したが、暴露したほうは飄々としている。

「気がつかなかったのか?」

「気がつかなかった……」

　平沢だけなら、それまでのことがあるだけに驚かないが、あの平井だ。初めて店に入って来たときは、これはノンケくさいと踏んでいたくらいなのに。

　わからないものだ。だが、うまく行っているなら、結果オーライということになるか。

　関口はピクルスをつまみながら言った。

「マスターの恋愛観は、きれいだな。おままごとみたいだ」

　黒田は口をへの字にした。

「理想論て言いたければ言っていいわよ」

「いや、……ああ、まあ、そうか。なるほど」

　何を思ったのか、一人で納得した顔つきになるのが気になる。黒田はじろりと見返した。

「何よ？」

「いや。……おまえさん、ヴァージンだろ」

　――手から、カナッペがぼたりと落ちた。

「図星か」

　その手の経験値が高い男はにやにやしている。

　黒田は平静を装った。

「何か問題があるかしら？」

「いや？　こういうのは好みもあるからな、バックを使わないカップルもいるさ」

実はそれ以前の問題でもあるのだが、それは黙っておく。グラスを傾けると、焼酎が古傷にしみるようだ。

「なあ、マスター」

「……なによ」

今度はどんな攻撃が来るかと、さりげなくふるまいつつひそかに身構えると。

「おれとつきあわないか？」

ガチン、とアイスペールにグラスがぶつかって大きな音を立てた。割れた音ではない、大丈夫。黒田は手元を確かめ、グラスを置き直し、それからようやく関口の顔に視線を向けた。

見たところ、それほど酔っているようではなかった。飲み比べをしたことはないが、たまに一緒に飲む席で、この男が酔態をさらすということはなかった。テーブルに置かれたボトルは残り三分の一を切っていたが、二人で飲んでいるのだ、与太を飛ばすほど酔っているわけではないだろう。

が、黒田はあえて言った。

「やだ、しらふみたいな顔で言わないでよ、びっくりするじゃない」

関口は、その切り返しを予想していたように笑った。

「正気も正気」

「じゃあ寝ぼけてるのかしらね」

「目はバッチリ覚めてるよ」

「もう十分つきあってるじゃない、焼酎お代わり？　それとも飽きた？　安いウイスキーでよければあるけど」

　むりやりにでも話をすりかえようとしたが、関口は甘くなかった。

「そういう意味じゃないって、わかってるんだろ」

　黒田は小さく息をついた。

「……今の今までフラレたって泣きごと言ってた人がなに？　そんなうわついた気持ちで人を口説こうなんて甘いわよ」

　第一、そんな誘いにほいほい乗るような人間と思われても困る。こちとら、おきれいな恋愛感を持っていると揶揄《やゆ》されようが、譲れないものはあるのだ。

　ところが、関口は真顔で言った。

「うわついてないよ。ふられたのはそのせいだ——もっとも、もうお互いぎくしゃくしてたんだがな」

「何言って……」

「あいつは同じ会社に気になるやつができたみたいだし、おれはあいつと会っててもどこか上の空だった。しおどきだったんだ」

　その告白を聞いて、黒田はゆっくりと深呼吸した。

　ばかな考えは起こすな、と自分にきつく言い聞かせる。こんなのはどうせ一時のこと、関口はすぐに新しい恋人を見つけるだろう。どこでひっかけるのか知らないが、この色男は、恋人をつくろうと思ったら、まったく苦労しないらしい。憎らしい男だ。魅力的な男だ。黒田が惹かれるほど。

　そうとも、自分は関口に惹かれている。もうずいぶん前から、きっと、彼が初めて《チェネレントラ》に現れたときからだ。

だから、独りが寂しいなどと言わないでほしかった。切れずに恋人をつくり続けてほしかった。それなら、この想《おも》いにふたをしていられる。恋人がいるならしかたない、と。

だから、たとえ寂しさをまぎらせるためだとしても、つきあわないか、などと、そんな罪作りなまなざしでたぶらかさないでほしい。自分で慰めになるならと、よろこんで何でも差し出しそうになってしまうから。本当にほしいものはそれじゃないのに、そんなちっぽけなものではおさまらないくらいほしいのに、間に合わせのもの、かりそめのもの、「ないよりマシ」なていどのものに、飛びつきそうになってしまうから――。

「だから、おれと、つきあわないか」

二度言われて、黒田はグラスに口をつけ、焼酎をふた口飲んで、グラスを置いた。

「つきあわないわよ」

そうきっぱり答える。

関口は、がっかりするどころか、おもしろそうに笑っていた。

「どうして？」

その屈託《くったく》のない様子は、やはり本気ではないのだ。黒田もほっとした。

「だってあんたと私じゃ身長がいくらも違わないし――」

「マスター何センチ？」

「ひゃくはちじゅう……に」

答えながらためいきが出てきた。デカイ。かわいらしさなど吹き飛ぶくらいに。

関口は動じずに応じた。

「おれは百八十六ある。四センチ差だな」

「へえ……」

なんとなく安心する。並べば大差ないのだが、いや、並べばこそわずかな差が目に見えるだろうか。

いやいや、そこで安心してはいけない。

「肩幅だって同じくらいあるし」

関口は髪をかきまぜた。

「さすがに肩幅は把握してねえな。学生時代水泳やってたから、けっこう広いと思うんだけど」

「ああ、それで逆三角形のいいカラダしてるのね。私は剣道よ。こんなにいかり肩になると知ってたら、続けてなかったのに」

「そりゃ気の毒に。でも腰はおまえさんのが細い」

まだある。

「名前の並びも悪いし」

「名前？」

「そう。私は一文字、あんたは三文字でしょ。並べて書くとき、バランスが悪いじゃない」

黒田剛と、関口龍之介《りゅうのすけ》。三文字と四文字か、四文字と五文字なら、まだよかったのだが。

するとと関口は声を立てて笑った。

「なんだ、婚姻届にサインするつもりででもいるのか？」

黒田は口をあんぐりとあけた。

「――ばか言ってんじゃないわよ！」

「だったらべつにいいじゃないか」

「よくないわよ！　あんたは華奢《きゃしゃ》なかわいらしい子が好きなんでしょ!?」

関口はきょとんとする。

「誰がそんなこと言ったんだ？」

「誰って」

何度か――本当に何度か、この男が恋人らしき青年と歩いているのを見たことがある。ほんの二度三度でしかないそのすべてで、この男に並ぶ顔が違っていたというのも驚きだが、体格はみんなほっそりしていた。自分に比べれば、という前提がなくても、ほっそりと華奢に見えた。

関口は顔をしかめた。がりがりと髪をかきまぜる。

「するとおまえさんは、おれとつきあうには、もっと背が低くて肩幅が細くて腰も細くてかわいらしい顔立ちでなきゃだめだと思ってるのか？」

「……そのほうが似合うでしょ」

そうだ、誰が好きこのんで、自分より体格のいい男を抱こうとするだろうか。

すると関口は、これ見よがしのためいきをついた。

「おまえさんは、ちょっと思い違いをしてるみたいだな」

「……どういうこと？」

「人は属性を好きになるわけじゃないってことだ」

黒田は口をつぐんだ。

「おまえさんは四角四面に、こうでなくちゃ、と思いすぎだ。美男には美女がお似合い、とか、ホモのカップルは体格差があってしかるべき、とか。ゲイバーのあるじが女装しなきゃならないわけでもないし、ヒゲで出っ腹のおっさんのホモだっている。ガタイのいい男がピンクでファンシーな部屋に住んでたってかまわないんだ。今どき子供みたいな思いこみだな」

「そう……かしら」

「なんでそんなふうに思うようになったんだ？　その齢までヴァージンなのは、そのせいか？」

黒田はうつむいた。

「話してみろよ」

「……高校時代に、キスするような関係だった相手と、大学三回生のときに偶然再会して、言われたの」

「なんて」

「でっかくなったなあって……」

男は、高校二年のときのクラスメイトだった。そのときは黒田よりも背が高かったのだが、再会してみたら逆転していたのだ。

「それだけじゃないんだろ。あらいざらい吐いちまえ」

「むかしはおまえもかわいらしかったからいけると思ったけど、さすがにこんなにでかくなったらありえねえな……って」

いまだに一言一句違《たが》わず覚えている。彼の表情も。声も。

黒田は笑い話にしようとした。

「しかたないわよねえ、私、大学に入ってからもまだ背が伸びたんだもの。百年の恋も醒《さ》めるってことよね」

ところが関口は笑わなかった。むしろ険《けわ》しい表情をしている。

「そいつはどうした」

「べつに……そのまま挨拶して別れたわよ。大学は違ったし」

「黙って帰すことはねえ。殴ってやりゃよかったんだ」

黒田は顔をしかめた。

「そんなひどいことできないわよ」

「ひどい？　じゃあそいつはおまえにひどいことをしなかったってのか？　暴言はひどくないってのか？」

「もういいわよ、慣れっこだし」

「他にもあるのか！」

「最大の難敵は、両親かしらね」

「……何があった？」

「女の子より男がいいって性癖がばれたのよ。父は烈火のごとく怒るし母は泣くし、修羅場ってああいうことかしらね」

父は大学教授で、古い文献を相手にした学問のせいか、珍奇なもの、斬新《ざんしん》なもの、とにかく「今どき」のものに理解がなかった。男の長髪、女装趣味、同性愛など、もってのほかだ。性同一性障害という医学的な疾患についてさえ認めなかったくらいだ。

幼いころからとにかく「きちんと」ということを言い続けられてきた。だらしない格好をするな、だらしない姿勢で座るな。その箸《はし》の持ち方はなんだ、戸の開《あ》け閉《た》てはバタバタするんじゃない、部屋は整理整頓《せいとん》、言葉遣いは正しく、「何気に」なんて略すな。万事がそういう調子だった。だから、男なのにふつうの男らしく女性に興味がない息子は、鬼子で異端で「橋の下」以外の何者でもなかったろう。

関口は唸《うな》るように言った。

「……おまえは、両親とはうまくいってるんだと思ってた」

黒田は笑った。

「今は一応うまくいってるのよ。その修羅場のとき、泣いて土下座して謝ったのが効いたのかもしれないわね。母のほうが思ったより立ち直りが早くて、父はもしかしたら、キャパシティオーバーして、なかったことにしちゃってるのかもしれないけど」

あくまでかるい口調で話しても、関口の表情は痛々しそうになるばかりだ。まるで、目の前で血を流す他人の傷を、自分の痛みとして感じているように。

黒田は、その腕に手をかけて揺すった。

「……ねえ、そんな顔しないでよ。慣れっこなのよ。半端に生まれついちゃっただけなの。《チェネレントラ》ではのびのびやってるのよ、ほんとよ。今が一番充実してるの。両親には、ほんとにすまないなあと思ってるけど――」

黒田は言葉を飲みこんだ。そのまましゃべっていたら、泣き声になりそうだったからだ。

ごめんなさい、と謝らなくてはならないのは、本当につらかった。こんなふうになってごめんなさい、あなたたちの望むものになれなくてごめんなさい、と、畳に額をすりつけて謝った。親の生きている間は、女性と結婚することができない代わり、男の恋人をつくることもしまいとさえ考えた。それがせめてもの償《つぐな》いだと。

思い出すと涙が出そうになって、息をつきながらうつむいた。酔い始めたのかもしれない、べつに泣き上戸ではないのだが。

すると、ぐいと腕をつかまれ、引き寄せられた。あっと思ったときには、関口のふところに――なるほど、自分よりいくらか広いようだ――抱きすくめられていた。

「おまえがいろいろ気にするわけがわかった」

「なに――」

「おれみたいに親と縁が切れちまえばいっそ気楽だが、生半可につながってるのも、それはそれで楽じゃないな」

吐息のような声が、合わせた胸に直接響いた。

「子供にとって、親の存在は絶対だ。その親から頭ごなしに否定されて、悲しくないわけがない」

それは低く、重く、誠実な声だった。

「おまえはおまえのままでいいんだ。おまえの人生はおまえのものなんだから。親に遠慮して、縮こまってることはない。……とは言うものの、誰もがそう簡単に居直れるわけじゃないな」

力強く、あたたかい声だった。

「つらかったろ」

やさしい声だった。この身をがんじがらめにする鎖の一連が、がちゃりと音を立ててはずれる思いがした。

「もう十分大人だから、平気よ」

そう笑おうとして、失敗した。一粒こぼれた涙は、もう押しとどめることはできず、あとからあとからあふれ出た。

「いま、そんなこと言うなんて…反則……っ」

「ああ、タイミング悪くてごめんな」

関口は、もてる男らしくさらっと謝って、それからは何も言わず、背中を撫でてくれていた。

◇ ◇ ◇

ねえ、ミン、寝ちゃった？　……あ、うるさかった？　ごめんね。ねえ、ちょっとだけ聞いてよ。

……お父《とう》さん、また怒ってたね。失敗したな。口がすべっちゃった。でもきれいだったよね、あのモデルさん。あれで男の人だって。すごかったなあ、あの紅《あか》いドレス、スカートにすごくたっぷり襞《ひだ》とってあって重そうなのに、ミンも見た？　ぱっと足をさばいたら、それがぶわっとひるがえってさ。

……おれもやってみたい、なんて、言わなきゃよかった。

おれ、変なのかなあ……変だよね。

日舞も、ほんとはもうちょっと続けたかったんだけどな。好きだったんだ。おさらい会でさ、お化粧されて、きれいな着物着るじゃない。どきどきして……楽しかった。今は背が伸びちゃったから、姉さんのおさがり、着られないかな。

ミン……寝ちゃった？

おまえはいいなあ……。あったかいね。おやすみ。

◇　◇　◇

翌日は頭痛に起こされた。それだけで目をあける気も失せた。喉がひりひりするほど渇いているから、水を飲みたいのだが、どうにもおっくうだ。ああ、昨夜飲みすぎたのだ、明日は休みだと思って油断した、と思い出したとき、寝返りも打っていないのに、ベッドが揺れた。

「……？」

何の気なしに視線を隣にやると、よく見慣れた、この部屋では見慣れない、男の顔があった。

「おう、おはよう」

「――」

応えようと口をひらいたが、声が出ない。いや、出せば出せるのだが、おそらくかすれて、どうしようもなくドスのきいた男声になっている。けほ、と空咳《からぜき》をすると、関口は察しよくベッドをおりた。

「水か？　待ってろ」

その背中を見送って、黒田は痛む頭の暗黒をかきまわして、記憶を引き出した。「ふられ男を慰める会」だったはずなのに、いつのまにか、巧みな関口に、自分の経験をいいように引き出されていた。両親との確執の話では、ぼろぼろ泣いた、それも憶えている。

黒田は深いためいきをついた。自己嫌悪で死にそうだ。誰にも話したことなどなかったのに。

しかし、それから先の記憶がない。男と同衾《どうきん》したあげく、前後の記憶がないなんて、ゆゆしきことではないか。貞操の危機に瀕《ひん》していたかもしれないのに！　――まあ、ないが。

自分でつっこんで笑おうとして、黒田は顔をこわばらせた。

じわじわと、その前のことがよみがえってきた。

昨夜、関口は何と言った？　おれとつきあわないか、と、そう言わなかったか……？

「ほら、水」

そのとき男が戻ってきた。黒田はミネラルウォーターのペットボトルを受け取り、冷えたそれを喉に流しこんだ。

「ふは、しみとおる」

息継ぎに思わずそう呟いて、同じことを誰かが言った、と思い出した。あれは《チェネレントラ》でパーティーのあった日のこと、こんなことでもなければ店内にいるはずのない女性客がそう言った。

そうだ、自分は——自分たちは、あの夜から何かが少しずつおかしくなっていたのだ。

残りを飲みながら横目で関口の様子を窺《うかが》えば、これはいつもと変わらない顔つきで立っている。

「もっと？」

「もういいわ、ありがとう」

関口は、からになったボトルを取り上げた。

「メシは食えそうか？　何かつくるぞ」

「あら、悪いわよ、そんなの」

「かまわないさ。宿代だ」

「じゃあお願い。私とろとろのスクランブルエッグ食べたいわ」

「まかせとけ」

腕のいい料理人は気軽に請け負って、部屋を出ていった。

黒田は、うつむくと落ちてくる長い髪をかきやり、何ともやるせない気分で、ふー、と息をついた。

「そういえば、猫をさわってる夢を見たわ」

二人で調えた――とはいえ、料理をしたのは関口で、黒田はもっぱら、フライパンはそこ、カトラリーはこっち、と指示するだけだったのだが――ブランチのテーブルについて、コーヒーをすすりながら、黒田は言った。

「まだ実家にいるとき、猫を飼ってたことがあるの。サバトラのかわいい子で、夜はよく私の布団にもぐりこんできてた。そのときの夢よ。なつかしい……」

マグカップから視線を上げると、向かい側には微妙な顔つきの関口がいる。

「……たぶん、おまえさんが猫のつもりでさわってたのは、おれだと思うぞ」

「え」

「憶えてないのか。指の甲、こっちがわで」

とかるく曲げた四本の指の第一関節から第二関節の間を示し、

「すりすりって。そうか、猫のつもりだったのか」

「あらまあ……」

黒田は絶句した。

「じゃあ、寝るときのことも憶えてないな？　ベッドに入ってからもおまえはいろいろしゃべったけど――」

そこで関口は、何やら含みありげな笑みをうかべる。

どんな驚愕《きょうがく》の事実をつきつけられるかと、黒田は緊張した。

「……何を話したかしら？」

「むかしの話だな。姉さんが二人いて、女言葉がうつったこと。上の姉さんが習ってた日舞を、きれいな衣装着たさに自分も習い始めたこと。祖父に誘われて剣道も習ってたこと。高校じゃ県大会で入賞したこと。猫は出てこなかったな」

「あらいざらい話してるわね……」

黒田は頭痛がぶり返す思いがした。

「その話の中で一番印象に残ってるのが」

「何よ？」

「おまえの言葉遣いだな。オネエ言葉が抜け落ちてて、なんだか新鮮だった」

黒田は頭を抱えた。

「馬脚を現した……っ」

「べつにおかしかねえだろ。無理してオネエ言葉じゃなくていいのに」

「もう今さらよう」

「それこそ今さらだろ？　寝た仲で装わなくても」

関口はにやにやしている。黒田は睨《にら》んだ。

「誤解を招く言い方しないで。同じベッドで眠ったってだけでしょ」

「もちろん、酔った勢いでどうこうしようなんて考えないさ、おれは紳士だからな」

「どうりでお行儀がいいわけね」

黒田は皮肉った。こんなふうに軽口をたたきあっていることに、どこかほっとしていた。泣いたこともむかしばなしをしたことも、取り消しはきかないが、関口は、そういう誘いを向けたことなど、一度もなかったような顔をしていた。彼一流の冗談だったか、でなければ、黒田からいろいろ聞き出そうとしてちょっと揺さぶりをかけただけかもしれない。その作戦は成功したというわけだ。泣かされたけれど、泣いてすっきりした気もする。慰めに抱きしめてくれた腕が、ちょっと——ほんのちょっとだけ、惜しくないわけではなかったが。

「このスクランブルエッグ、すごくおいしいわ」

「そりゃよかった」

とろりとクリーミーな卵を口に運びながら、黒田は気分が持ち直すのを感じていた。

しかし、不意打ちというものは、相手の不意をつかなくては意味がないのだということを、黒田は別れ際にあらためて思い知った。

「なかったことにはしないぞ」

玄関のドアをあけたところで振り向き、関口はそう宣告した。強引で不敵で、真面目《まじめ》な顔つきだった。

つきあおうと言ったことだとはすぐにわかった。黒田は息がつまりそうになった。呻《うめ》くように答える。

「つきあわないって、言ったわよ」

「それは背丈だの肩幅だのを基準にしたからだろ。それをとっぱらって、考えてみろよ」

「……時間がかかりそうだわ」

「いいさ。眠り姫が目を覚ますには百年かかるってわかってるからな」

黒田は目をむいた。誰が眠り姫だって？

関口はにやりと笑って——憎らしいモテ男め——悠々たる足取りで帰っていった。

黒田はドアを閉めると、そこに背中をあずけて、ずるずるとしゃがみこんだ。

◇ ◇ ◇

次の日は朝から落ち着かなかった。休みで一日思う存分ひきこもってぐるぐる考えていられた昨日と違って、今日は《チェネレントラ》をあけなくてはならない。関口と顔を合わせなくてはならない。どんな顔をして会えばいいというのか。緊張する。

いつもどおり、いつもどおり、と呪文《じゅもん》のように唱えながら、精一杯いつもどおりにふるまったはずだが、関口には見抜かれている気がする。ときどき、ちらと見た視線の先で、口元をおかしそうに歪めている。

リン、と料理の受け渡しに呼ばれ、皿を取ろうとした指先に、さも偶然のようにふれるのなどは、絶対わざとだ。こちらが動揺するのを楽しんでいるのだ。負けてなるものか。

何と勝負しているのかもわからなくなりながら、黒田はゆっくりと息を吐いた。

たちの悪いドンファンは、口に出しては何も言わなかった。ただそうして黒田の反応を試すようなことをする。

いっそ早く新しい恋人をつくってくれればいいのに、と黒田は願った。早く自分をかまうのに飽きて、かわいい恋人を見つければ、と。

そうしたらこれまで通りになる。ときどきのろける色男に、はいはいお熱いこと、とひやかして、それでおしまいだ。それでいい。

そうして一週間が経った。

「マスター」

再びやってきた定休日を前に、黒田は関口から呼びかけられて、ひそかに緊張した。

「なに？」

「明日、あいてるか？」

「特に予定はないけど」

関口は何の含みもないように言う。

「じゃあつきあってくれねえかな。食べてみたいスペイン料理屋があるんだ」

黒田は細く息を吐いた。仕事、のようなものだ。関口は勉強熱心で、新しい味の開発のため、こうしてちょくちょくよそに食べに出かける。恋人がいれば恋人と行ったのだろうが、今はフリーなので、たまに雇い主を誘った、それだけのことだ。断じてデートではない。

——それなのに。

翌日は朝から何を着ていこうかとか、何を話したらいいかとか、ぐるぐる考えてしまって、結局、これとは何も決められないまま、待ち合わせの時間が迫ってしまった。服も、仕事の一環なのだから特別しゃれこんだというわけでもない、白いシャツにチャコールグレーのスラックス、モスグリーンのグラデーションが春っぽいリネンのロングスカーフを衿元《えりもと》にかるく巻きつけるという、なんてことない格好になってしまった。黒田は鏡でためつすがめつしてみた。……まあ、スタイルがいいので、悪くない。

五分前に到着した待ち合わせ場所では、すでに関口が待っていた。こちらはベージュのパンツにジャケットを合わせている。夕暮れの雑踏の中でも目を引くのは、長身のせいだけではあるまい。

「お待たせしました——」

「いや、そうでもない。行くか」

言葉遣いに気付いたか、関口は黒田を見てにやっとした。

黒田は平静を装った。

スペイン料理の店は、雰囲気のいいところだった。使いこまれた木のテーブルは飴色《あめいろ》につやが出ており、壁にかけられた刺繍《ししゅう》入りのショールは華やかだ。男しかいないウエイターは、民族衣装ふうなのか、エプロンなどはつけず、黒のスラックスに紅いサッシュを巻いているのが粋だ。ＢＧＭは、モダンなスタイルのフラメンコ・ギターで、ときどき歌も入るが、オペラなどに比べればだみ声と評されるだろう声なのに、やはり何か心に響く。

二人はボトルワインと小皿料理をあれこれと注文した。

「このエビ、うまいな。オイルがいいのか」

「タコでつくってもおいしそうですね」

「タコ、いいな。ワインに合う。うちは、ワインはあんまり置いてないだろ？」

「そうですね。ハウスワインだけです。あまり注文もないし」

「増やす予定は？」

「今のところありません」

「そうか」

関口はわかさぎのマリネの皿をよこした。

「これもうまい」

黒田も一匹口に入れた。

「もう少し酸味が強くてもいいですね」

甘めなのも悪くはないが、マリネはすっぱいのが好きだ。店で出している関口のマリネはすっぱめで、とてもおいしい。

ワインを含むと、関口が口元を笑ませて見ているのに気付いた。

「……何か？」

「言葉遣い。いつも通りでいいのに」

「そういうわけにはいかないでしょう」

女言葉は、いわば商売道具だ。店での制服のようなものだ。外の世界でまで使うつもりはない。関口と一緒ならなおのことだ。この男が、周囲から「オカマと連れ立っている」などと変な目で見られるのには耐えられない。

「じゃあせめて、敬語で話すのはやめろよ。おまえさんのほうが雇い主なんだし」

「あなたのほうが年上でしょう」

「それでもだよ。食事のときに肩肘はられると、こっちまで気疲れする」

「……でも」

「素のままでいいだろ。ここは店じゃない」

関口の手で、あいたグラスにワインがつがれる、そのことも、ここが店の外にいると意識させた。店では、酒のことを取り仕切るのは自分の役目だ。

「……なんか、変な感じだ」

黒田は正直に言った。

「もうずいぶん、プライベートで、人としゃべってない気がするから」

店では女言葉、普段は——たとえば近所で顔を合わせる隣人などとは、丁寧語だ。そのときどきにふさわしくふるまおうとすると、そうなるのだった。性的嗜好を隠していた大学時代の友人とは連絡もとっておらず、数年間のサラリーマン生活で周囲にいたのは、あくまで「会社の同僚」だった。素のままでしゃべるのは、家族を相手にしたときだけだ。

関口はおもしろそうに眉をあげた。

「おれが久しぶりのプライベートな相手か。悪くないな」

お気楽な言い草に腹立たしくなって、かるく睨む。

「他人事《ひとごと》だと思って」

「そうだな。残念だが、おれはおまえさんじゃない」

かるく笑っていた関口は、ふいに真剣な顔つきになって、くりかえした。

「おれはおまえさんじゃない。おまえさんが何を考えてるか、外からおしはかることしかできない」

「……だろうね」

黒田はかろうじてそう答えた。虚勢でも張らなくては、まっすぐなまなざしに心の奥底まで見透かされそうで、こわい。

関口はかすかに苦笑した。

「そんなに緊張しなくても」

「緊張してなんか――」

「そうか？　顔がこわばってるぞ。いい男がだいなしだ」

「いい男？」

黒田は目をみはった。自分の容貌《ようぼう》について、この男が何か言うのは初めてだ。

「自覚がないのか、ハンサムじゃないか」

それは知っている——周囲からよく言われるという意味で。黒田は肩をすくめた。

「知ってるけど、ついさっき気がついた、みたいに言われてもね」

「じゃあ、初めて会ったときからって言えば満足なのか？」

「初めて会ったときのことなんて憶えてないくせに」

「憶えてるさ。おまえはまだちょっと緊張してるみたいで、そうだ、言葉遣いも、あからさまにオネエにはなってなかったな。髪は今よりもっと短かった。そのとき店に、キスメットが流れてたのまで憶えてる。ストレインジャー・イン・パラダイスだ」

その曲名を口にするとき、関口はもったいぶった口ぶりになった。ストレインジャー・イン・パラダイス、楽園の異邦人。……居場所のない、自分。

「あの店、おまえさんが入る前は、ダイニング・バーだったろう」

「……そうらしいね」

「そのときに何度か行ったことがあって、だからそこがもっと立地のいいところに移ったのも知ってた。しばらくして、あいた店はバーに変わったと聞いてのぞいてみたんだ。内装はがらっと変わってて、でもセンスがいいなと感じた。ハッテン場だって聞いてたから、もっとあざとく下品なところかと思ってたんだが、ふつうの、大人のバーみたいだった。マスターは、これまたえらいハンサムだったし——」

「…………」

「姿勢がよくて、立ち居ふるまいが流れるようで、おれの前にグラスを置いた手がきれいだった。きれいな男だな、と、そう思ったんだ」

関口の告白じみた話に、だんだんいたたまれなくなってくる。黒田はワインを飲んだ。

だから、と男は低くささやく。

「気にしてるかどうかって言ったら、そのときから、おまえさんを気にしてるよ」

甘い声、甘いまなざしだ。黒田は臍下丹田《せいかたんでん》に気をこめた。ここでたぶらかされてはならない。

「……男たらし」

店で客に言い寄られたときのように、笑っていなす。

「ドンファンの本領を見たな。そりゃあ恋人が途切れないわけだ」

関口はちょっと鼻白んだ。

「おかげさまで」

「さっさと次の人を見つければいいのに。そのだだ漏れのフェロモンがこっちに向いてると中《あ》てられそうだ」

「あいにく、にぶいやつでな。おれがアピールしても気がつきゃしない——それとも逃げてるのか」

「……ふうん」

努めて何気なく、ちぎったパンを、エビのオイル煮のソースにつける。

「食事に誘っても、デートだと思ってないんじゃねえかな」

「——」

指先から落ちたパンがソースに沈んだ。黒田はフォークでサルベージした。

「日ごろの行いが悪いんじゃないか？　とっかえひっかえしてるから」

「非難されるほどとっかえひっかえしてるわけじゃない。タイミングによってはそう見えるのかもしれないが」

「ふうん……」

「いや、とっかえひっかえしてると思うくらいには、そいつもおれのことを気にしてるのかな。どう思う？」

「さあね」

関口は、自分の思いつきが気に入ったようだ。

「ああ、そうかもな。フリーになったら声をかけようと思ってるのに、いざフリーになったら声をかけられなくて、もたもたしてるうちに次のやつとつきあい始めちまうもんだから、人の気も知らずにとっかえひっかえして、と憎まれ口をきくんだ。違うかな」

「さあね」

黒田は意地でも反応しまいとふんばりながら、エビのうまみを溶けこませたガーリックオイルをたっぷり吸ったパンを口に入れる。まだ熱いそれは、オイルなのにくどくなく、おいしい。

関口はワインを飲んでいる。

「そいつは人の世話ばっかり焼いてるんだ。みんなが幸せになれるようにって、まるで自分は幸せにならなくていいって考えてるみたいだ。なんでそんなふうなんだろうな」

黒田はそっけなく応じた。

「おれに言われても知らないよ」

「おれも知らないことだらけだ。店では気さくな様子なのに、最近じゃ、もしかしたら営業用の顔としてそうふるまってるだけじゃないかと思う。『やさしい男のオネエサン』の皮を剝《は》いだら、素っ裸のそいつは、どんな人間なんだろうな」

素っ裸、などと言われてどきりとする。まるで本当に服を剝ぎとられて、この男の前に立つような。

「言い方がいやらしいよ」

釘《くぎ》を刺してみたが、男はちっとも気にしていない。

「知りたいって、恋の動機としては悪くないだろう？　少なくとも、いきなりヤリたいって思うよりは」

「……相手を困らせるかもしれないだろう」

「どうして？」

「事情があって、そういうふうなのかもしれないし……」

「その事情ごと知りたいんだ」

「よけいな詮索かもしれない」

「距離を置かれたくないんだ」

「迷惑かもしれない」

「だったらそう言えばいい。おまえなんか好きでもなんでもない、近寄るな、迷惑だって」

「――――」

黒田はワインを飲もうとした。が、グラスはからだ。ボトルに目をやると、それもからだった。

関口が、その視線をたどって訊いた。

「もう一本頼むか？」

「……………」

黒田は迷った。酔いでもしたら何か危ういことを口走るかもしれない。でもしらふで平然としていられるとも思えない。

そうするうちに、関口はウエイターを呼び、同じ白ワインをボトルで注文した。

黒田はフライドポテトのブラバスソース添えを口に運んだ。それは熱く、口の中をやけどしそうになった。いっそ焼けただれさせてしまえば、言うつもりのないこと、言ってはならないことを、言わずにすむだろうか。

ワインが来た。ウエイターはグラスに一杯ずつついでさがってゆく。

関口はグラスをまわして、金色のワインが揺れるのを眺めている。

「おまえなんか好きでもなんでもないってつっぱねられないていどには、好かれてると思ってもいいのかな」

黒田は答えた。

「……単に何とも思ってないだけじゃないのか。恋愛以前の問題だ」

「告白したんだ。好きだって」

黒田は反射的に訊き返した。

「……ちゃんと、好きだって言ったのか？　つきあわないかって、即物的に言っただけじゃなくて？」

男はにっこり笑った。

「ああ、そうだったかもしれない。そうか、それですねてるのかな」

黒田はほぞをかんだ。失敗した。これで、答えを出さずにはいられなくなる。話題を変えなくては、何でもいいから——このトマトソースを店でも再現できないかとか、何とか。

しかし、半瞬、遅かった。

「好きだ」

と関口は言った。

「おまえが」

とはっきり黒田を見つめていた。

甘い告白だった。黒田にとっては、抜き身のナイフに等しかった。

関口はほろ苦く笑う。

「——そう言ったら、つらそうな、泣きそうな顔になるんだ。歓迎されていないらしいとは思うが、どうしてなのかがわからない。嫌いとは言われてない……嫌いと返事をしたらおれを傷つけると考えるくらいにはまったく嫌われてるわけじゃないのか、それすらわからない」

黒田は喘《あえ》いだ。関口の今話す言葉は、ここにいない「誰か」についての体裁をとっているが、すべて黒田のことだ。自分はそんな、泣きそうな表情をしているのだろうか。

心臓が痛くなった。たまらず視線を伏せ、酔ったふうに見えるよう、額に手を当てる。その指先がひやりとしていて、緊張しているのだとわかる。

「せめてそれだけでも教えてほしいんだが、それ以上問いつめるといよいよ泣かせちまいそうで、それもできないでいる」

黒田は、やっとの思いで喉から返答を絞り出した。

「……それが、正解だ。きっと、その相手にとっても」

それに対しては、沈黙が返ってきた。ややあってぽつりと落とされた声は、平板に聞こえた。

「なるほどな」

言葉の内容に反して、納得できないと訴えているようだった。

「……ああ、ついでだから白状しちまうが、おれがそいつを決定的に——きざな言い方をすれば、『恋に落ちた』と思ったのは、そいつがおれの手からチーズケーキを食ったときだ」

黒田は息がとまるかと思った。あの夜、あとから何度思い返してもどうかしていたとしか言えない、あの夜だ。

「毎日のように顔を合わせて、からかったりするたびいつもと違う表情が見られるのが新鮮だった。こいつはこんな顔もするんだ、きれいなだけの男じゃないんだなと感じるのはおもしろかった。その夜も、冗談のつもりでチーズケーキを口まで持ってってやったら、そいつは無防備な様子でおれの手から食った。……お節介ばっかかりで色気のないと思ってたのに、ひどくつやっぽい眼をしてて——」

「……聞きたくない」

「初めて見た、とおれは思った。もしかするとこいつは、色気がないんじゃなくて、隠してたんじゃないのか。誰の前でも隠してたのを、おれの前でついこぼしたんじゃないのか、そう思った。……もっと見たい、と思った。それが運のつきだ」

「聞きたくない……！」

胸がつまって、吐き気さえしてきた。自分はそんなにみだらな眼をしたのだろうか、誘っているように見えるほど？

ふるえる口元に手をやり、叫びだしたい衝動をこらえていると、男は静かに言った。

「……そんな顔をしないでくれ。すまなかった」

黒田は小さくかぶりを振った。関口が謝るようなことではない。

関口は呟いた。

「知りたいって思うのは、いけないことかね」

黒田は何も答えられずに、ワインを喉に流しこんだ。

◇
◇
◇

ろくに眠れなかったせいで、翌日の営業はさんざんだ。耳に入った声が、意味を持つ言葉として頭に入ってこないような感じがあって、オーダー違いを三度もやった。マスターどうしたの、と常連客に心配されることが四度。まだグラスを割ってはいないのだけが救いだが、そのうちやらかすかもしれない。

「調子悪そうだね」

と、テーブル席からカウンターに移ってきた客が言う。

「風邪でもひいた？」

「たぶん違うと思うんだけど……」

「マスターの元気がないと、おれらまで調子が狂うよ」

「ごめんなさいね、ほんとに。……ジン・トニックだったかしら？」

「あーうんジン・トニックでもかまわないんだけど、できればジン・ライムでお願いします」

「ああ、そうだった……」

黒田は頭を抱えたくなった。

そのときだ。ドアベルがかろやかな音を立てて、新たな客の訪れを告げた。

黒田は、客の顔をみとめるなり、地獄で仏とばかりに声をあげていた。

「――いいところに来てくれたわ、平沢ちゃん！」

その平沢はちょっと目をみはり、苦笑しながらカウンターに寄ってきた。

「今夜は一人なの？　それとも待ち合わせ？」

「一人だよ。そろそろシェフの機嫌がなおったかどうか、偵察」

「アルバイトをお願いしたいんだけど」

「だと思った」

それで話はついた。帳簿つけに専念したいという、黒田がほとんど口からでまかせにつけた理由を、平沢は特に不審にも思わなかったようだ。すぐに黒服に着替えてきた。

「事務室にいるから、よろしくね」

そう声をかけ、カウンターをさがる。

事務室は、ロッカー室とは別の空間だ。ドアに鍵《かぎ》がかかるようになっており、事務仕事用の古いデスクがある。応接セットが用意されているのは、面接などもここで行うためだ。

黒田は、口実にした帳簿を広げ、電卓を手元に置き、ペンをとった。

しかし、数字も項目も、まったく頭に入ってこないのだった。


「マスター、店じまい完了したよ」

帳面をひらいたままぼんやりしていた黒田は、その声で我に返った。《チェネレントラ》の営業時間は、日付が変わる時刻までだ。十二時の鐘が鳴る前に、おうちにお帰り、というわけだ。

「あ――ああ、ありがとう。これ、日当ね。……関口は？」

茶封筒に入れたアルバイト代を手渡しながらそろりと訊ねると、平沢はそれを受け取り、中をかたちばかりあらためてポケットに入れた。

「そろそろ厨房の片付けも終わったんじゃないかな。呼ぶ？」

そう言っているそばから、背の高い料理人がひょいと顔を出す。

「こっちも終わったぞ」

黒田はまともに視線を合わせることができなかった。ペンを取り直し帳簿に顔を向けたまま、ごくろうさま、と声だけでねぎらう。

「今日はもう帰ってもらっていいわ。平沢ちゃんもありがとう、助かったわ」

「どういたしまして」

「関口も、……また明日よろしくね」

視線をさりげなくはずしたまま笑みを向け、声がうわずらないようにするのは成功した。

「ああ、じゃあ、また明日」

ぱたんとドアが閉まり、黒田は深く息をついた。

「……頭が痛い」

いつまでこんな状態が続くのだろうか。いつになったら関口の顔をまともに見られるようになるだろうか。――そんな日が、本当に来るだろうか？

いっそ、好きと告げてしまったらどうだろう。好きになってくれて嬉しい、自分も好きだと、打ち明けることができたら。

でも、だめだ。そんなことはできない。

枷《かせ》になっているのは、罪悪感だ。父親が激怒し、母親が泣いた、あの日への。

父は、息子が気色悪いオカマだったなんていい恥さらしだ、と罵《ののし》った。母は父の剣幕の前におろおろして、勘違いしてるだけじゃないの、ね、そうでしょう、とくりかえした。そう信じたかったのは母自身だったのだろうけれど。

ごめんなさい、と何度も謝った。だが自分ではどうにもならなかった。何がいけなかったのかわからない、女性が着る美しい衣装ほどには、それをまとう女性そのものに興味が持てず、好きになるのは同性ばかりなのはなぜなのかと、もうずいぶんむかしから悩んでいた。そういう性向には同性愛という名がついており、少なからぬ同好の士がおり、世間に知られるようになっているとはいえ、周囲の人がそれを認めなければ、それは何の言い訳にもならない。

それ以来、黒田はいっそう自分を鎧《よろ》うようになった。おまえはおかしいと後ろ指をさされないよう、服装から言動、立ち居ふるまいまで気を使った。両親には、せめてこれ以上不快な思いをさせまいと、大学卒業後は一流企業に勤め、がむしゃらに働いた。そこで資金を貯《た》め、《チェネレントラ》をひらいた。水商売——父に言わせれば「いかがわしい」商売——ではあるけれど、安っぽい場所にはしないと、それだけは注意した。ただでさえ肩身の狭い男同士、恋が芽生える場所であればいいけれど、まず大人が静かに飲めるところ、客同士が紳士的に声をかけたりかけられたりできるところ、目指したのはそこだ。初めのうちは、あからさまにヤる相手を物色しにきた客に、お高くとまりやがって、と吐き捨てられることもあったが、主旨に賛同してくれる客にも助けられ、ここはそういう店だという評判がついてくるようになって、それは成功していると思う。

ここは、黒田の城だ。守るためなら、何を犠牲にしても惜しくない。自分のぶんまで皆が幸せになってくれたら、それで十分だ。

関口にははっきり断ろう、と決めた。好きだとも告げず、そんな気になれないと言えばいいのだ。そうしたらあの男のこと、すぐに新しい相手が見つかる。ふりだしに戻るだけだ。大丈夫、今は新しい傷だから痛む気がするけれど、そのうちふさがって、痛まなくなる。何かの折に疼《うず》くかもしれないが、これまでだって我慢できたのだ、これから先も我慢できないということがあるか？

「頭を切り替えなきゃ」

そうと決まれば、うだうだ悩むのは今夜限りだ。もう今日のような失態はさらせない。

帳簿を閉じ、デスクの上を片付けて、引き出しに鍵をかける。

更衣室のドアをあけると、そこにはまだ平沢が残っていた。黒田は驚いた。とっくに帰ったと思っていた。時計は二十五時をとうにまわっている。

「どうしたの？」

「どうしたってこともないんだけど」

平沢は首をななめにする。

「今日はマスターの様子が変だったってみんなが言ってたから、ご機嫌伺いにね」

「いやねえ、心配させちゃったかしら。大丈夫よ」

平沢に向けては、上手に笑ってみせることができた。

ところが、その完璧《かんぺき》なはずの笑みは、平沢を安心させることはできなかったようだ。

「何か迷ってることがあるなら、話を聞くことしかできないけど、聞くよ？」

黒田は笑った。

「なあに、どうしたのよ？」

「三橋《みつはし》……て言ったっけ、よく来てる客。四角い顎の。あの人まで、今日のマスターはなんかおかしい、風邪でもひいてるんじゃないかって心配してたから、ちょっとしたお節介だよ」

「あら…まあ…」

「この店はマスターのファンも多いんだから、いつもにこにこ笑っててもらわないとね」

「そうね、気をつけるわ」

「恋わずらいじゃないかって噂してる客もいたよ」

「こ――」

黒田は絶句した。

平沢はにやりとした。

「当たりなんだ？」

黒田は落ち着いて否定した。

「違うわよ、ばかなこと言わないで」

平沢は肩をすくめる。

「確かな筋からの情報もあってね」

「……なに」

「関口さんと何かあったって」

黒田は腹に気合をこめた。

「――ないわよ」

「そう？　じゃあ関口さんが一方的に何かしたって思ってるだけかな」

「……平沢ちゃん」

「どうなんだろう？」

「平沢ちゃんは、関口からどう聞いたの」

「好きだって言ったら泣きそうな顔で黙りこまれたって」

黒田はためいきをついた。泣きそうな顔をしていたかどうかは自分ではわからないが、おおむね合っている。

平沢は、案外お節介なのか、つっこんだことを訊いてきた。

「関口さんのことが嫌いじゃないんでしょう？」

「……好きなだけじゃだめなこともあるのよ」

「わからないな。他に何がひっかかってるの？」

黒田は訊き返した。

「そう言うあんたはどうだったの、パートナーには死なない人がいいってだだこねてたのに、平井さんは死なない人なの？」

平沢はまた肩をすくめた。

「人並みには死ぬけど、殺しても死ななさそう、というところで手を打った」

「こんちくしょう」

つい罵倒《ばとう》がもれた。平沢は目をまるくし、ついでおかしそうに笑った。黒田は食い下がった。

「何が決め手になったのよ？　妥協させた理由は何？」

「うーん……カラダの相性がよかった？」

「……リア充爆発しろ！」

「だんだん物騒になってくるなあ……」

平沢は苦笑する。

「生きてる間は少しでも楽しいほうがいい。パートナーを探してる間ずっと禁欲していられるほど、枯れてないからね」

黒田は鼻を鳴らした。

「ずいぶん享楽的なのね」

自分には受け入れられない、という含みを持たせると、平沢は、その隠れた響きを聞き取れなかったはずはないのに、しらりとすまして応じた。

「知ってるだけさ」

「何を？」

「それが、生きてるうちにしかできないってことを、さ」

「……」

「楽しむのは生きていてこそだ——苦しいのも、生きていてこそ、だけどね」

その言葉は、どこか強迫的な重みをもって、胸にずしりと沈みこんだ。

平沢は気楽に微笑する。

「どっちにせよ、後悔しないようにするのが一番だと思うよ。たとえ失敗しても、生きていればリカバリできるんだ」

黒田は鼻を鳴らす。

「そうね、死ななければね」

「そう。死にさえしなければ」

そう静かに答えた平沢のまなざしは、静かだけれど鋭くて、どこかに陰があった。大事な人を失った、あるいは、想いを告げる前に相手が手の届かないところへ行ってしまった、そんな過去でもあったのかと思わせる。本人は何を話すわけでもないけれど。

「平沢ちゃんの愛は、死ぬことと隣り合わせに考えるものなのね」

「そのほうが実感できるでしょう」

などと笑うのは、すました顔をして、案外激情家なのかもしれない。熱いものを秘めているのだ、その冷たそうな肌の下に、ひっそりと隠し持つナイフのように。

「死ぬことを前提にすると、はっきり見えるものがある。たとえば、おれが今ここでマスターを射殺すとして」

青年は右手の指でピストルをかたどって、バン、とその人差し指をはねあげて見せた。

「どうしたら後悔しないかってことだよ。オーケーすればよかったとか、もういっそ、相手が未練なんか持ちようもないくらい、きっぱりふっておけばよかったとか」

黒田は想像してみた。もし今、ここで、死ぬとしたら。

真っ先に思い浮かべたのは、やはり関口のことだった。返事をしなかった、ということは、未練として残るだろう。もう一度あのあたたかい腕に抱きしめられたかった、と思うかもしれない。そう、たとえば、息の根がとまる瞬間まで、手を握っていてほしい、とか。それはあまりに、関口のトラウマになってしまうだろうか、とか。

彼には自分をずっと憶えていてほしいような、すぐ忘れてほしいような、複雑な気持ちになるだろう、とか。

好きだ。好きなのだ。初めて店に来たのを見て、いい男だなと感じたときから好ましく思っていたのが、おまえはおまえのままでいいと言われて、決定的になった。今まで誰も、そんなふうに肯定してくれた人はいなかった。背が高くても（彼のほうが四センチ高いが）、肩幅が広くても（腰は自分のほうが細いと言ってくれた）、名前を並べたときの字面《じづら》が悪くても（婚姻届にサインするわけでもなければ問題ない）、そんなものに恋をするわけではないと。

平沢は、まるでおさらいをするように訊ねた。

「関口さんをどう思ってる？」

黒田ほろ苦く笑んだ。

「……好きよ」

「じゃあそう言ってやればいいよ。帰ったらすぐにでも？」

「それは無理」

即答だった。

平沢はさすがにあきれ顔だ。

「まだ何か足りないの？」

「心の準備と、覚悟よ。死ぬまで悩むんじゃないかと思うわ」

「真面目だなあ」

黒田は唸《うな》る。

「この齢になると、勢いだけでロスト・ヴァージンはできないものなのよ」

「恋してる気持ちだけで十分だと思うんだけど」

「これでも恋って言えるのかしら」

ためいきとともに呟く。

「もっと甘くてやさしくてやわらかいものだと思ってたのに、苦いばっかりだわ」

平沢は端整な貌に笑みをうかべる。

「そう、チョコレートみたいにね——チョコレートは、カカオ純度が高いほうが苦いんだ。甘いだけのは、子供だましだよ」

黒田は目からうろこが落ちる思いだった。

「なるほど……」

「それが大人の恋だから」

「なるほど、ね」

きっと、この魅力的な青年も、あの明るく図太そうな恋人と、そんなほろ苦い恋をしているのだ。

「ありがとう。参考になったわ」

そう礼を言うと、平沢はいたずらっぽく口元を笑ませた。


重い足取りでマンションに帰ってくると、ドアが並ぶ廊下に、人が立っているのが見えた。隣室の住人か、はたまた不審者、ストーカーの類《たぐい》かと注意深く見つめたとき、下を向いていたその人物が、ふと顔をあげた。

黒田はぎくりとした。

関口だった。

「……っ」

どうしてここに、何をしに、と考える間もなく、きびすを返して駆け出していた。

「逃げるな！」

関口は叫んで追ってきた。あっと言う間に背後に足音が迫り、腕をつかまれる。

「放して……！」

熱く強い手の感触に、火傷《やけど》しそうになりながらもがくと、抱きすくめられた。あまつさえ唇を寄せられて、黒田はいっそう抗《あらが》った。

「こんなところでばかなまねしないで！」

善良な人々は寝入っている時刻とはいえ、人目がない保証はないのだ。

「だったら部屋に入れろ」

関口は怒ったような口ぶりで迫る。

黒田はためらった。昨日の今日で、平静を保てる自信がない。

関口は、脅《おど》すように腕に力をこめた。

「わかった！　わかったから――」

力なくうつむくと、ようやくそれが緩む。しかし逃げられてはたまらないとばかり、手を握られた。

「……恥ずかしい」

小さく抗議したが、

「おまえは好きなやつと手をつなぐのが恥ずかしいのか」

堂々と反駁《はんばく》されて何も言えなくなった。

そのまま部屋に連れ戻され――自分の部屋なのだからおかしな表現だが、まさしくそういう感覚だった――鍵をあけ、中に入り、ドアを閉めるなり、さっきの続きとばかり抱きしめられ、キスされた。

「ちょ…、ン……！」

あまりに急な展開に、頭が追いついていかない。そもそも、まだ返事もしていないのに、どうしてこんなことになったのだっけ、とぐるぐる考えているうちに、唇を解放された。

は、と息をつくと、目尻に笑いじわを刻んだ顔が間近にあった。それが近寄ってきて、反射的に目を伏せると、こつんと額同士が合わさった。鼻先をすりつけられ、二度めのキスは、かるくついばまれるだけだ。

「とりあえず、あがるか」

そう言ったのは関口のほうで、ここは私の部屋なのに、という黒田の呟きは、口の中で消えた。

リビングのソファに座らせられ、関口は隣に座った。もっときゅうくつになるかと思ったら、案外平気だった。もっともそれは、肩を抱き寄せられて、これ以上ないくらいくっついているせいかもしれないが。

黒田は、精神的な居心地の悪さに身じろいだ。

「……ねえ」

「ん?」

「あんたと私、いつの間にこういうことする仲になったのかしら」

「今日だな」

「既成事実って意味なら、それは卑怯《ひきょう》よ」

「おまえさんが平沢と話してるときだ」

黒田はぎょっとした。

「……まさか、立ち聞きしてたの!?」

「ちがう。平沢から電話があったんだ」

「なんて」

「気持ちと勢いだけではどうにもならないらしいから、時間をかけてやってくれと」

黒田は顔から火が出るかと思った。

「崖《がけ》から飛びおりて死にたい……！」

「ばか、もったいないことすんな」

関口は頭をぐりぐりと撫でてきた。髪がひっかかる感触がある、きっともうくしゃくしゃだ。黒田はためいきをつき、男を押しやって、髪をまとめていたヘアゴムを引き抜いた。

「平沢はそう言ったが、おれは、おまえに必要なのは勢いだと思う」

「……無理よ」

黒田はうなだれた。そんな勇気があったら、恋愛経験がこんなにお粗末なわけがない。

「バーの名が《チェネレントラ》なのは、恋人を見つけるためには舞踏会に行け、自分からアクションを起こせって意味なんだろ？　当の舞踏会のあるじが、一歩踏み出す勇気も出せずにまごついててどうすんだ」

関口は真摯なまなざしで言って、黒田の前髪をかきやり、額にキスした。

「こわがるな。一生箱に閉じこもってるんでなきゃ、転んですりむいたってしかたない。でもそうしてるうちに動き方も覚えるし、膝小僧の皮も厚くなる。もしかしたら、立ち上がるのに手をかしてくれるやつも出てくるかもしれない、転ぶ寸前に抱きとめてくれるやつもいるかもしれない。それは自分ではどうしようもないかもしれないが――いや、だからこそ、一人合点してあきらめるべきものじゃない」

聞いているうちに、顔をあげていられなくなってうつむく。

「おまえが崖から飛びおりるなら、おれは受け止めてやる。転びそうになったら、おれのほうに倒れてこい。筋トレして待っててやるから」

冗談めかしていたが、本気なのだろう、肩を抱く手が力強かった。

黒田は力なくかぶりを振った。

「……恋はしないと決めたんだ」

「どうして」

「親になじられたとき…、そう決めたんだ。両親の、孫の顔を見るっていう幸せをつぶしてしまった代わりに、自分の幸せもひとつつぶそうって」

「親のために生きてるんじゃない、おまえはおまえのために生きていいんだ。おれはそう言ったな？」

「そう言ってもらえただけで、すごく嬉しい。だから、もういいんだ。十分なんだ」

「おれがよくない。おまえはそれで親に償いをしたつもりでいるのかもしれないが、おれの幸せまでつぶす権利はないぞ？」

「……誰か、ちがう人を見つけて……っ」

「心にもないこと言うな」

きっぱりと断定されて、黒田はそれ以上言えなくなった。

「全部見せてみろ。いつまで自分でつくりあげた殻の中に閉じこもってるつもりだ？　人の恋ばかり応援して、自分の幸せには背中を向けるのか？　わかってるか、おまえを受け容《い》れられないのは、ほかならぬおまえ自身だ。美意識が高いのは結構だが、背丈だとか肩幅だとか、そんなくだらないことにこだわるあまり、視界を狭めてるんだ。第一おまえ、そんなこと言ってたら、おまえよりガタイのいいホモを敵にまわすぞ」

「……」

黒田はしおれた。

関口は、つむじにもキスした。

「おまえには居直りが足りないな。もっとふてぶてしくかまえていい。……ま、そこがかわいいと言って言えなくもないがね」

黒田はすねた。

「ちゃんとかわいいって言え」

「そうそう、その調子。……かわいいよ、剛」

「……もっとかわいい名前ならよかったのに……」

「あーもう、ちょっと黙っとけ」

関口は実力行使に出た。つまり、この夜何度目かわからないキスで、文句を吸い取ってしまったのである。

「とりあえず、一度やってみねえか。それでだめだったときにあきらめるんでも遅くないだろ」

と、関口はそう言った。それもそうか、とうなずいてしまった二十分前のうかつな自分を、罵ってやりたい。黒田は眉間《みけん》に力がこもるのを自覚した。

キスは、まあ抵抗がなくなった。むしろ、こころよいとさえ思う。関口という男は、ぞんざいな口のききかたの割に、別の場合には、唇も舌も繊細に動くようだ。

しかし、その巧みなキスの合間にシャツのボタンに手をかけられて、ぎょっとしてあとじさった。飛びすさったのではないかと思う、それくらい、目をあけたとき彼我《ひが》の距離がひらいていた。

関口はきょとんとしていた。

「ああ、驚いたか？」

「お……っ」

驚いた、自分は驚いたのだろうか。そうではなくて、もっと根本的な理由のような気がする。

「大丈夫だ、脱がすくらいじゃ痛くないから」

「痛い!?」

「だから、脱がすくらいじゃ痛くないって……大丈夫か、おまえ」

いちいち過剰反応してしまう自分が呪《のろ》わしい。ちょっと落ち着けばいいだけの話だ。でなければ――今夜は、見合わせるか。

そう口をひらきかけたとき、見透かしたように唇をふさがれ、舌が入りこんできた。黒田は反論まで封じられた。

怯《おび》えて奥のほうにちぢこまる舌を、とがらせたそれでくすぐられる。ぬるぬると、自分でないものがうごめくのは、変な感じだ。確かに自分の口なのに、自分の自由にならないような。

そうするうちにもシャツのボタンをはずされ、前をひらかれた。

「…、……っ」

声にならない声をあげても、それは男の口内にくぐもるだけだ。

指の甲側で、胸をするりとなぞられた。心臓の上でわずかにとどまったのは、鼓動を確かめられた気がする。どうせ早鐘のようにうっている、ほうっておいてほしい。

「ん……、ふ」

やっとのことで顔をそむけると、唇がはずれて、ちゅ、と恥ずかしい音が立つ。関口の舌は、そのままべろりと黒田の頰をなめあげた。

「……！」

ぞわりと背筋がふるえたのは、気持ち悪かったのか——その逆か。

「剛」

すてきなバリトンが、耳元で低くささやく。そんな声で呼ばないでほしい、どうしたらいいかわからなくなるから、と、口に出すこともできずに、ただ息を継ぐ。

関口は真顔で訊ねた。

「ベッドまで自分で行くか？　それとも姫だっこしてやろうか？」

「——は!?」

黒田は耳を疑った。姫だっこ。姫だっことは、いわゆる横向きに抱き上げる、あれのことだろうか。

自分のことをそうして運ぶつもりがあると言ったのだろうか、身長百八十二センチのこの自分より少し背が高く、自分より少し肩幅が広く、自分より少し腕力がある——かもしれない——というだけの、この男が？

「無理よ！」

「そりゃ歩いていくのがか、だっこのほうか？」

どっちも無理っぽいが、より無理の度合いが大きいほうなど、決まっている。

「……後者」

「いけると思うぞ？」

ちょっと協力しろ、と要求され、何をしろというのか、ととまどっていると、横にする向きを考えたらしい関口は、結局、黒田の右脇《わき》に立った。そのまま右腕を自分の肩にかけさせ、背中と膝のあたりに腕を置いて、腰をかがめる。

黒田はためらった。

「ねえ、無理よ」

「何言ってんだ、恋人の一人くらい抱えあげられなくてどうする」

「え……それって、私もあんたを抱えあげられなきゃならないってこと？」

「おもしろいこと言うなおまえ」

関口はちょっと笑った。

「いいから、おれのほうにくっついて、ちょっと跳ねろ。せーの」

「落っことされるなんてみっともないのいやよ」

「落っことさないよ。いいから、せーの、ほら」

せーの、とくりかえされて、黒田は、清水《きよみず》の舞台から飛び降りるつもりで、ぎゅっと目をつぶり、床を蹴《け》った。

ふわりと体が浮いた。

「そら、できた」

得意げな声に恐る恐る目をあけてみると、本当に、姫だっこされていた。信じられない。己れの美意識にかけて、醜い贅肉《ぜいにく》などはつけていないが、身長に見合った体重があるはずなのに。

呆然《ぼうぜん》としていると、にやりとした関口に、かるく唇をついばまれた。もうキスくらいでは驚かない。

案外しっかりした足取りで寝室に運ばれ、ベッドにおろされた——と思ったときには、もう覆いかぶさられていた。

「ちょ、ちょっとっ……」

「いやか？」

だから、その甘い声は反則だ。

「いやじゃなさそうだな」

まごついていると、勝手に解釈した相手は、さくさくとことを進めてゆく。

先にはだけられていたシャツを脱がされそうになって、死ぬ気で抵抗すると、あっさりと手を引いた。代わりにデニムのウエストボタンに手をかけられ、素早くはずされた。

「本気……？」

「もちろん」

なだめるようなキスが、額に落とされる。黒田は息を吐いた。

その隙《すき》に関口はジッパーをおろし、下着の中に手を這いこませた。

「……！」

思わず体をすくませると、鼻先でシャツをかきわけるようにして、鎖骨《さこつ》に吸いついてきた。そのまま平らな胸をついばむのに、あとがつくほどきつく吸われたりしないせいか、力が抜けてゆく。

下では、同じ男同士のこと、勘所をおさえた手指が、こちらの動揺などおかまいなしに追い立ててくる。

黒田は我に返ってもがいた。

「あ…、ちょっと、やっぱり」

「なんだ、怖気《おじけ》づいたか？」

「しっ…かたない、でしょ」

「でもおれのほうが我慢きかねえよ」

「やだ……！」

下着をずりおろされ、くびれのところを刺激され、無意識に逃れようとして腰がよじれる。

それでも、当然のように、関口の手はとまらない。

「やだって言ってんだろ……っ」

ついドスのきいた男言葉が出たが、萎《な》えるかと思われた相手は、小さく笑っただけだった。

「聞こえない」

黒田は泣き声になった。

「ね、ねえ、ちょっと、ほんとに、もう、あ、あ、いや」

それをさする手の動きがなめらかになってきたのは、ぬれているせいだろう。

「やだったら……！」

恥ずかしい。穴があったら入りたい、穴を掘ってでも隠れたい。

さらに恥ずかしいことに、涙まで出てきた。三十も半ばをすぎた男の、こんな場面での泣き顔など、みっともないことこの上ないだろうに。

「うー……」

「……そんな百面相しなくても」

関口は苦笑して、ぽろりとこぼれた涙を吸った。

「気持ちよくないか？」

「……よくない」

我ながらすねたような口調になった。

関口は苦笑する。

「うそつけ」

きゅ、とそれを握る指に力がこめられて、黒田は相手のシャツをつかんだ。

「お、お願いだから、やめて」

「どうして」

「……………」

黒田は唇をなめた。今ここで、こわいから、などと白状したら、笑われるだろうか。

関口は本当に、自分のこの体に欲情するのだろうか。彼が今までつきあってきたどんな相手より、自分は背が高く、肩幅が広く、華奢なところはどこにもなく、つまり、ごつい。

着ているものを剝がれ、体のすみずみまで見られて、やっぱりだめだ、などと手を引かれたら、こんなにみじめな話はないではないか。

「理由がないなら、続けるぞ」

「だめ……っ」

黒田は無意識に関口の手に爪を立てていた。

しかし、男は根気強いのか、それを意に介さない。

「こんなになってて、おさまるのか？」

「じ、自分でする……っ」

「だったらおれにさせろ」

「いやだってば……」

黒田は泣き声をあげた。

関口はあせらず、黒田の頬や額に唇を押し当てた。

黒田は呼吸を落ち着かせようとした。

「……関口」

「色気のないやつだな。龍之介って呼べよ」

「龍、之、介……」

初めて舌に乗せたその名は、まったくなじまない。そうだ、自分は一文字、相手は三文字で、並べたときにバランスが悪いと思っていた名だ。

ぎこちない発音でも、関口は気に入ったようだ。目を細めてのぞきこんでくる。

不覚にも、その嬉しそうな表情に、胸がときめいてしまった。ただ下の名前を呼んだ、それだけなのに、そんなやわらいだ眼をするなんて。

どうしよう、と考える間もなく、キスされた。この短い時間のうちに、キスといったらそれは舌をからめるもの、という認識ができてしまうくらい、今度もたっぷりとからめられた。

「ん……っ」

うっかり陶然としかけたとき、下腹をまさぐる手が、再びふらちな動きを見せ始めた。黒田は慌ててその手をつかみ直した。

関口がぼそりと呟いた。

「しぶといな」

舌打ちしそうな声だった。

「気持ちよくないわけじゃないんだろ？　何がブレーキになってるんだ？」

「だ…って」

口ごもっていると、相手のほうが見抜いた。

「こわいか？」

「……」

黒田は小さくうなずいた。

「どうして？」

「だって私は、小さくもかわいくも細くもないし……」

「まだ言いやがるか」

「どこからどう見ても男だし」

「あのな」

「……幻滅されたらどうしようと思う」

最大のハードルはそれだ。好きな人に好きになってもらえなかったらどうしよう、この容姿が、好きな人のこのみでなかったらどうしよう。

「そこかよ」

めんどくせえ、と呟かれたのを、黒田の耳はしっかり拾い上げた。

黒田は暴れた。

「どうせ！　この齢になっても恋愛経験値が絶対的に少なくて！　おまけにめんどくさいヴァージンですよ!!」

「いやそこまで言わなくてもいいから。……おもしろいやつだな、おまえ」

「どうせ……っ」

「いやいやいや、わかったわかった」

関口はおかしそうに声を立てて笑い、黒田を抱き寄せてよしよしと背を撫でた。

「確かにおれがこないだ別れたやつはほっそりしてたけど、それだって単にそいつがそういう体つきだったってだけで、べつに体型が好みだからつきあってたわけじゃねえし。平沢だって細身に見えるけど、けっこう鍛えたカラダしてたぜ？」

しかし、そこで引き合いに出された魅力的な青年の名に、黒田はまた感情をこわばらせた。それは肉体にも響き、関口はそれを感じ取って、またあやすように背中を撫でる。

「おれがいくら博愛主義者だからって、ただのボランティアで、好きでもない男のこんなとこ握って気持ちよくさせてやろうとは思わねえよ」

黒田は恨めしげに睨んだ。

「わからないわよ、ドンファンのくせに」

「そこまで言うか？　……確かにおれはモテるしホモであることに何の罪悪感もためらいも持ってないがな、だからって、世の中のホモがみんな幸せになればいいなんて、誰かさんみたいな人のよさは持ち合わせてない。好きなやつにしかさわりたくない、好きでもないやつがどうなろうと知ったことじゃない。わかるか」

「……わからない」

「わかれよ。それくらいおまえが好きだってことだ」

黒田は力なくかぶりを振った。

「わか――」

「わかるまで言ってやる。おれはおまえが好きなんだ。おまえはそのままでいいんだ。オネエ言葉でしゃべりたいならそれでいいし、実はあんまり好きじゃないなら、ふつうにしゃべれ。ピンクのフリルを着たっていい。おまえがいつまでも縮こまってるのは見たくないし、その伸びやかな背を伸ばしてゆったり息をさせてやりたいと思うし、男言葉でしゃべるのもおもしろいいし、さっきから動揺するたびごっちゃになってるのはかわいいし、気持ちよくさせてやりたいし、甘い声も聞きたいし、さっきの泣き声には実はちょっとそそられたし、キスしたいしキスされたい。おまえがおれの愛撫《あいぶ》でとろとろになってるところを」

それ以上はとても聞いていられなくて、まだつらつらと続けそうな男の口を手でふさいだ。

息ができなくなりそうだった。

情熱的で直截的《ちょくさいてき》でいやらしい口説きの言葉の数々は、自分に向けられるものとしては、黒田が初めて聞くものだった。頭に血がのぼって、芯《しん》のほうがじんじんしてくる。

どうしよう、どうしたら。

迷ううちに、業《ごう》を煮やした関口の舌は、口をふさぐ忌々しいてのひらをべろりとなめた。

「……っ」

不意打ちをくらってびっくりした黒田は、すばやい手に両手を押さえつけられて、目をみはった。

見上げた関口は、こわいくらい真剣な眼をしている。

「おまえがいつまでもぐずぐずしてるってんなら、おれは店を辞めるぞ」

黒田は肩を跳ねさせた。

「だ…、だめ……！」

「どうして。後釜《あとがま》なら、知り合いをあたってちゃんと見つけてやる」

「――――」

黒田は口をひらき、また閉じた。

関口が辞めて、新しい料理人がはいって。関口はきっと腕のいいのを紹介してくれるだろう、黒田の性格も勘案して、相性のよさそうな人物を見つけてくれるかもしれない。それで？

それで、いざ顔合わせをして、お互いにはじめましてと挨拶して、これからよろしくと言い合って
――それで？

そのときには、関口はもういないのだ。

「……だめだ」

目の前が暗くなる思いがした。どうして、という質問の回答にはなっていなくても、そうとしか答えられなかった。

意地悪でやさしい男は、言葉にならない答えをちゃんと聴き取ってくれた。

「剛」

泣きたくなるほど甘いバリトンが、自分を呼ぶ。

「うんって言っとけ。かわいがってやるから」

のぞきこんでくる男の目に、なさけない顔をした自分が映っているのを見ていられずに、まぶたを伏せる。そのはずみに、涙がひとつぶころがり落ちた。

強情という名のその涙、たった今この身から剝がれ落ちたそれを、関口が吸いとってくれた。

「かわいがらなくていいから……」

ささやきは半分泣き声だった。そしてやっぱり最後までは言えなかったのだけれど、勘も察しもいいドンファンは、ちゃんと聴き取ってくれた――愛して、という、おずおずとした、切実な言葉を。

関口は、額と頰と唇に一度ずつキスをして、最前の行動の続きにとりかかった。つまり、黒田の下腹部に手を伸ばし、導こうとしては頑《かたく》なに拒まれていた絶頂へと、今度こそ連れていこうとしたのだ。

それからはもう、関口のやさしくて意地悪な手指に翻弄《ほんろう》され、みだらがわしい声を立てまいと食いしばる唇をこじあけるような愛撫をほどこされ、抗ったりもがいたり、さんざんてこずらせた。「いやだ」は百回くらい言ったし、「だめだ」も二百回くらい言った。

「おまえ、まだ前しかさわってないのに」

初めのうちこそ笑っていなしていた関口も、しまいには呆《あき》れ顔だったが、だめなものはだめだ。めんどくさいヴァージンをなめてはいけない。

それでも、年貢の納めどきというものは来る。関口自身のたかぶったものと重ねられ、一緒に握られ刺激されて、他人との信じられないくらい間近な接触に、最後の砦《とりで》もくずれたのだと思う。いや、踏みとどまろうとしていた気持ちが、すっかりすり切れてしまったのかもしれない。声もあげられずに男のシャツにしがみついていると、関口はタイミングを上手にコントロールして、二人ほぼ同時に達した。

汗みずくになってほうけていると、汚れをぬぐってくれた男が隣に横たわった。

もう終わりなのか、とか、最後までしなくていいのか、とか、何か言わなくてはならないのに。

「……」

結局は声も出せずに見つめていると、関口は苦笑した。

「今日のところはこれで勘弁してやる。……感謝しろよ、こんな聞き分けのいい男、そうそういねえぞ？」

その代わりにと唇を吸われるのに目をつぶって、黒田はそのまま眠りに落ちたらしい。


気がついたら朝だった。猫をさわる夢を見ていて、もしやこれはいつかのように現実の感触なのでは、と目をあけると、案の定、そこにあったのは苦みばしった男前の顔だ。まだ眠っている。自分の手は、するすると男のシャツをさすっていたのだ。

「……」

気がつかれないうちにと、静かに手を引こうとすると、突然、ぎゅっとつかまれた。飛び上がるほど驚いた。

そんなイタズラをする相手は決まっていて、

「もっと大胆にさわっていいぞ」

などと笑っている。

「狸《たぬき》寝入りしてたな⁉」

「人聞きの悪い。目をつぶってただけだ」

それを狸寝入りと言うのではないか。黒田はぐるぐる唸った。

「おはよう、ハニー」

「……おはよう」

気恥ずかしさにすっかりふてくされて応じると、関口は気を悪くしたようでもなく、唇をかるくついばんできた。

「シャワー、どっちが先に使う？」

「ああ……お先にどうぞ」

なんだか、腰から下がふにゃふにゃしていて、まだちゃんと立てる気がしない。

「ありがとよ」

ベッドをおりる関口につきあって上体を起こすと、視線を感じた。

「……なに？」

「朝だからって、油断してるなよ。……とりあえずそのなまめかしい胸はしまえ」

「胸……」

男の指差す先を視線でたどると、ボタンを全部はずしたシャツに、かろうじて腕を通しているだけ、右肩は脱げているというありさまだった。心臓の真上あたりに、紅いアザがつけられているのも丸見えだ。

「……！」

黒田は瞬間的に脳が沸騰するようだった。急いではだけ放題の前をかきあわせ、ついでそのアザをつけた相手を睨みつけた。

「新鮮な反応だ」

関口はにやにやしている。

「どうして着せてくれなかったのよ！」

「脱がすほうが好きだから」

「すけべおやじ……！」

「だからうぶいヴァージンも大好きなんだ。憶えとけよ」

地の底から響くような罵りも意に介さず、関口は上機嫌で部屋を出ていった。

その後姿をうらめしく睨んでいた黒田は、深い深いためいきをついて、再びベッドに倒れこんだ。

試しにさわってみた頬が熱い。きっと紅くなっているだろう。

もう一度、おそるおそる胸に目をやってみると、そこにはやはり、紅いアザがある。おそらくキスマークというもので、自分でつけられる位置ではないから、あの男につけられたものだろう。まったく記憶にない。

あの言葉は本当だろうか、とふと思う。

そのなまめかしい胸はしまえ、と関口は言った。本当にこの、広くて平らでやわらかみとは無縁の胸は、なまめかしいだろうか。なまめかしいと、感じてくれるのだろうか、あの男は。

そこまで考えて、また熱くなる。昨夜の愛撫を思い出してしまったではないか。

「……朝からなんて気持ちにさせてくれるんだ……」

しかし、そうぼやいた声が自分で思うより甘ったるくて、その事実にもますます紅くなったのだった。

関口のあとにシャワーを使い、ゆったりしたコットンシャツとチノパンという部屋着に着替えると、朝食の仕度ができていた。トーストにサラダにヨーグルト、とろとろのスクランブルエッグもついている。

「いいタイミングだったな」

とコーヒーまで差し出され、いたれりつくせりだ。

「心の整理はついたか？」

「……時間がかかるって言ったでしょ」

「おれが待つって言ったのも憶えてるよな？」

「……………」

黒田は、はあ、とためいきをついた。待つも何も、昨夜さんざん翻弄してくれたくせに。

でも、悪くはなかった、と思う。すごく、ものすごく、死ぬほど、恥ずかしかったが、気持ちよくもあった。肉体だけでつながるのでなく、心もつながっているという実感もあった。

しゃくにさわるので、口に出しては言わないが。

黒田は熱いコーヒーで胃を起こすと、いただきますを言って、食事にとりかかった。できたての、とろりとクリーミーな卵を口に運ぶ。今日もおいしい。

「私、このスクランブルエッグ好きよ」

向かい側でコーヒーを飲んでいる男がにやりとした。

「作った男も好きって言えよ」

見透かされている。黒田はふいとそっぽを向いて、トーストをかじった。

◇　◇　◇

ネオン輝く繁華街五丁目の、通りを一本外れたところに、そのバーはあった。地味な雑居ビルの一階、エントランスにツタを這わせ、控えめな看板には、飾り文字で《チェネレントラ》と一風変わった名が刻まれている。

そこのマスターは、物腰と言葉遣いのやさしいハンサムだが、近ごろはなんだか色っぽくなったと、もっぱらの噂だった。

# ロマンチストとチョコレート

「あら、鈴本《すずもと》さんたら、また意地悪言っちゃったの？　カレ、悲しんだでしょう」

ふいにボリュームをあげた、そんな驚きの声が聞こえて、関口龍之介《せきぐちりゅうのすけ》は、めくっていた調理器具のカタログから顔を上げた。

背筋のぴんと伸びた立ち姿のよいマスターが、今夜も客の悩みを聞いている。厨房《ちゅうぼう》から、料理の受け渡し口を通して見えるその様子を、関口は眺めた。ちょうどフードの注文が途切れたところで、手があいているのだ。おかげで、マスターと客の話もよく聞こえる。――ここは《チェネレントラ》、繁華街五丁目の通りを一本はずれたところにある、隠れ家的なバーである。

カウンターの客がためいきをつくのがわかった。

「そうなんだよねー……いつもにこやかなやつが、さすがにちょっと泣きそうになって、おれもしまったと思ったんだけど……やばいって、謝らなきゃって。でもそのときにはあいつ、もういつもどおりほほえんでて」

からん、とグラスの氷が立てる音は、男が泣かせかけたという恋人の恨み言のようだ。

「あいつが『なかったこと』にしてくれちゃうから……おれはまた今度も謝りそびれたんだ」

店内に流れるジャズが、すすり泣くようなサックスを聞かせた。

「だめよう、わかってるのに何度もくりかえしちゃ」

マスターの声には、茶化《ちゃか》す様子も、一方的に咎《とが》める響きもなく、しおれる子供をたしなめるようなやさしさがあった。

一方で、男の声は苦い。

「それもわかってるんだよ。それなのに何度も同じことするんだ。我ながら、学習能力がないって以前に、ばかなんだよ」

「しようのない人ねえ」

その嘆息に、関口は注意を引かれた。しようのない人、とマスターの声が言うとき、それは哀れみとあきらめと、どこか艶《つや》っぽいものを感じさせる。

まったく、とひそかにためいきをつく。色気がないないと思っていたら、近ごろそれがぐっと増して、しかも自覚がないのが困りものだ。

大盤振る舞いなんぞするな、と何かしらおもしろくないものを感じて、カタログをめくったそのページが、何のはずみか戻りそうになるのを、指先ではじく。パン、と思いがけず大きな音が立って、マスターがちらとかえりみた。何か異常があったかと確かめる目つきだ。

何でもない、悪い、と手を振って返すと、よかった、と思ったのかどうか、目元がやわらいだ。

――ほら、また色気がもれている。

関口は憮然《ぶぜん》とページをめくった。

ここ《チェネレントラ》は、同性を恋愛対象とする男たちが、寂しい夜のつれづれを慰めるための場所だ、とは、この店のマスターでありオーナーである黒田剛《くろだごう》の明言するところだ。世間では肩身の狭い思いをしているマイノリティの客同士が仲よくしてくれたらいい、というのが天使のようなマスターの望みで、だから、ハンティング・バーのような使い方をする輩《やから》もいないではないが、客たちもおおむね行儀よくしている。あくまで、店内では、ということかもしれないが。

実際、ここで出会った相手と真面目につきあっている人々も少なからずいるようで、確か、今カウンターでパートナーに心にもない「意地悪」をして泣かせたという男も、そのパートナーはもともと、ここで知り合った相手ではなかったか。

あんまりやさしくしてやるな、と関口は、広げたカタログのダマスカス鋼包丁の、木目のような刃紋を睨《にら》みながら思った。自分の恋人をさえ泣かせるような男に、おまえがそこまでやさしくしてやる必要はない、と。

そのときだ。ちょっとごめんなさい、と黒田が客に断り、カウンターからテーブル席のほうへ出ていった。オーダーが入ったようだ。酒か、料理か？

関口はカタログから顔を上げて待った。

やがて、窓口から差し出されたのは、チキンソテーの注文だ。ディアボロ風のソースで食べるもので、食事としても酒の肴《さかな》としてもうまいと評判の一品だった。

関口はカタログを閉じ、冷蔵庫から鶏肉《とりにく》を出すと、客の腹を満たすべく調理にとりかかった。

下味をつけた鶏のもも肉を焼いている間に、たまねぎや香味野菜を刻み、トマトピューレとあわせてソースをつくる。皮がパリッとするころあいは、体が憶えている。絶妙のタイミングで肉を裏返せば、ほれぼれするような焼き色だ。外はカリッと、中はふっくらと仕上げるには、いくらか弱めの火加減が重要で、決してフタをしてはならない。

肉の焼け具合を横目で窺《うかが》いつつソースの味見をする。こちらもうまくできた。

鶏をフライパンから引き上げ、少しおいてから包丁でカットすると、皮がさくっと音を立てた。完《かん》壁《べき》だ。皿に盛りつけ、ハーブをあしらい、窓口でベルを鳴らした。

リン、とかろやかなその音に、マスターが振り向いた。料理を見、その出来栄えを目にしてちょっと口元を笑ませ、ありがとう、と言うと、きれいな手が皿を引き取っていった。

関口は、厨房へ店内の様子を切り取って見せるその小さな窓から、マスターの姿を眺めた。身だしなみに気を使うのは当然だが、あの男は、まず第一に姿勢がいい。剣道をやっていたせいもあるのか、足運び、体さばきなどにも無駄がなく、演武でも見ているようだ。それでいて窮屈だったり堅苦しかったりするところがないのは、幼いころの日本舞踊の稽古《けいこ》のたまものかもしれない。女性的な美でなく、機能的な、洗練されたそれは、女という性に何の興味も抱かない自分にとっては、何よりも惹《ひ》きつけられるものだ。

それは、たとえるならば、研ぎ澄まされたナイフにも似ている。切れ味や持ったときのバランス、刃《やいば》の長さといった実用性こそが優先され、そこに華美な装飾は必要ない。美しさはあとからついてくるものだ。

関口は、先にカタログで見たダマスカス鋼を思い返した。本体に木目のような模様の表れたそれより、包丁は刀鍛冶の鍛えたものがいい、というのが自分の持論だ。鞘《さや》や柄を飾る文化は洋の東西を問わずあるが、刀身の美しさそのものを極めようとする文化は日本独特のものだそうだ。飾らない美、とでも言うのかもしれない。それがいい。

またオーダーが入った。おかしなもので、今の今までヒマだったのに、一度誰かが何か頼むと、運ばれてくる料理をよそめに見て食欲を刺激されるのか、立て続けに注文が入るようになる。

今夜も忙しいかもしれない、と、関口は袖《そで》をまくり直し、オーダーに備えたのだった。

「カレとちゃんと仲直りしてね。こないだはごめんって、素直に謝るのよ、いい？」

黒田がお節介らしくそう言って、カウンターで沈みこんでいた客――鈴本といったか――が帰ってゆくのを見送ると、そろそろカンバンだ。最後まで居残っていた客たちのテーブルから次々にさげられた食器を洗い、残ってしまった本日のおすすめ、ビーフシチューを保存容器に移し替えて、鍋《なべ》も洗う。

「またね、マスター」

「また来るよ。おやすみなさい」

相手は見つかったのかどうか、常連客も口々に挨拶《あいさつ》を残して帰ってゆく。

「はーい。帰り道に気をつけてね。おやすみなさい」

黒田が最後の客を見送ると、店は急に静かになった。誰も声高に話していたわけではないが、それでもひそかにざわめきはあったのだと思う。マスターがＢＧＭをとめると、さらに静寂が落ちてきた。

「今週のお仕事終わり！　そっちはどう？」

店内の掃除を終えた黒田が顔を出した。

「こっちも終わったよ。お疲れさん」

ねぎらいあうと、黒田は作業台に寄りかかった。

「最近、フードの注文も順調よね？　仕入れの量を増やしたほうがいいかしら」

「そうだな。今週は雨も降ったから、まあ読みどおりだが」

「いつも助かるわ。お疲れさま」

「なんてことないさ」

そして、作業台に乗った保存容器を指さす。

「ビーフシチューの残りだ。夜食にどうぞ」

黒田は破顔した。

「嬉《うれ》しいわ。私このビーフシチュー好きよ」

「あんまり肉は入ってねえけどな」

「かまわないわ。オムレツにかけて食べる」

ありがと、と押し頂くようにした黒田は、しかし小さく息をついた。いつも涼しげな目元に、やや影が見える。

関口は訊《たず》ねた。

「疲れたか？」

「ああ、そんなんじゃないけど。ちょっと考えちゃって……」

「カウンターの客？」

水を向けると、図星だったのか、ちょっと首をすくめる。

「すごいわ、千里眼ね」

「結局、なんだったんだ？」

「ええと……」

誠実な人柄のマスターは、一方的な決めつけにならないようひとつひとつ思い出しながら話した。

「あのお客さん——鈴本さんっていうんだけど、ここで見つけた恋人がいてね。そっちは名前は知らないけど、顔を見ればわかるわ、ちょっと内気そうな、でもしっかりした子だった。一年くらい続いてるんじゃないかと思うんだけど、どうも鈴本さんのほうが、イケズしちゃうみたいなのよね」

「イケズ？」

「好きな子ほどいじめたいってやつ？　鈴本さんも、ふつうにしてれば悪い人じゃなんだけど、たまにチクッと針で刺す、みたいな。たあいない冗談にまぎらす毒とか、そういう印象だった」

黒田は眉《まゆ》をひそめ、ここにはいない二人の影を追うような眼《め》をする。

「性分みたいなもので、当人も悪気はないのかもしれない……でもついこぼれた本音ってこともある……ううん、見た感じ、ちゃんとカレを好きなみたいなんだけど。そんな言い方したら相手が傷つくって、自分でもわかってるのにやめられないって、つらいね」

言葉遣いが素に戻っているのは、黒田も真剣に考えている証拠だ。関口は鼻を鳴らした。

「好きなやつに意地悪するやつの気が知れない」

「まあね。いいことじゃないのは確かだけど」

「その鈴本がパートナーに抱いてるのは、愛情じゃないんじゃねえのか？　でなきゃ相手をいたぶるのが楽しいサドか」

「うー、うーん…？　そこまでいかないとは思うよ」

「根拠は？」

「自分の行為を後悔してる」

「ふーん」

関口はますます愉快でなくなった。その鈴本とやらにどれだけ甘いのかと思う。そもそも、人の自然な情動として、好きな相手にはいつでも笑っていてほしい、泣かせるやつがいたらぶちのめす、と考えるのが当然ではないか。そう、今、恋人を悩ませる不心得者の客を蹴《け》り飛ばしたくなっている自分のように。

黒田は思案顔だ。

「ちゃんと仲直りしてくれるといいんだけど……素直に『ごめんなさい』が言える人でもないのかなあ……」

「そんなやつはほっとけ。それで愛想尽かしされても自業自得だろう」

「そんなわけにはいかないわよう。大事なお客さんだし」

あ、店の顔に戻った。関口はまた鼻を鳴らし、黒田の手をとって、こちらの腰にまわさせた。

「剛」

下の名前で呼ぶのは、本日の業務終了、の合図だ。これからはプライベート。

「……なに」

こちらを見返す双眸《そうぼう》に、かすかな甘さと、警戒がにじんだ。

関口はねだった。

「しようのない人、って言ってくれよ」

黒田はきょとんとした。

「何よそれ、何のプレイ？」

「いいから。ほら」

「……『しようのない人ね』。……ん――」

言い終わるや否や唇に吸いつくと、ちょっと緊張したような気配がある。神聖な職場でふらちなまねをしたと叱《しか》られるだろうか。だが気持ちがとまらないのだからしかたがない、叱られたら謝るだけだ。

ちゅ、と音を立ててキスを終えると、あきれたような、怨《えん》じるような眼に睨まれた。そのこわい色も、潤んでいてはあまり効果がないが。

「悪かった」

殊勝さを見せて先に謝ると、恋人はかすかな笑みを口元にうかべた。

しようのない人、と、ささやいた声が、予想した以上に艶っぽくて、関口はその場でもっと深いキスをしたい衝動をやりすごすのに、大いに忍耐力を試されたのだった。

◇　◇　◇

黒田と関口は恋人同士だ。恋人同士だと言ってほぼさしつかえないと思う。

恋人同士だと「言って」「ほぼ」「さしつかえない」などという、そんな頼りない表現になるのは、関口ははっきり恋人だと思っているものの、黒田のほうが、まだ踏み出す勇気が持てないらしいからだ。さあ来い、と広げた関口の腕の中に、まるごと飛びこんでくるには躊躇《ちゅうちょ》が先に立つ。けれど、まったくそっぽを向くわけではなくて、そろそろと近付いてきては、ことんと寄りかかる、そのていどには、愛されている。

もともと黒田は警戒心が強い。一見、人当たりのいい笑みと丁寧な物腰とでだまされがちだが、なかなか他人に近寄らない、近寄らせないところがある。その微笑も礼儀正しさも、他人にそれ以上踏みこませないための防壁で、店での明るいふるまいさえ、努めてそうあろうとつくっているのだと、今ではわかる。そのていどには、関口も、黒田の素顔がわかってきている。

黒田は、本当は、臆病《おくびょう》で、繊細だ。何があっても傷つくまいと、常に自分を鎧《よろ》っている。それが関口にはもどかしい。ときおり、全部ぶち壊して引き剝《は》がして、素っ裸の黒田を引きずり出して抱きすくめて、わかってるのかおまえ、と叱りつけたくなるほど。

しかし、激情にまかせてそんなことができないていどには、黒田が大事だ。好きなのだ、当然ではないか。

幸いにして、やりたいばかりのガキの年頃《としごろ》はとうにすぎた。長期戦は覚悟の上だし、恋人の、少しずつ寄りそってくる変化を楽しむ余裕もある。そしてついに、あの警戒心の強い猫のような恋人が、我と我が身をまるごとこの腕に投げ出してきたら、そのときこそ思う存分かわいがってやるのだ。その日は必ず、近いうちに来る、と、そう確信してもいる。

そんな関口の気持ちを知ってか知らずか、今日も今日とて、黒田は鼻歌などうたいながら仕込みを手伝っている。

「こっちできたよ」

「おう、ありがとよ」

関口も揺すっていた鍋の火をとめた。

「剛、口あけろ」

「んん？」

黒田が素直に言われた通りにすると、熱いぞ、という注意とともに、鍋の中身のひとつを口の中に放《ほう》りこんだ。

「はふ、ん、あつ」

黒田は、はくはくと息を逃がしながら咀嚼《そしゃく》した。今日のおすすめになるはずの、新じゃがを使ったバター風味の肉じゃがだ。

「おいしい」

「そりゃよかった」

「ビールに合うね。最近蒸し暑くなってきて、ギネスもよく出るようになったし」

「そうだなあ」

これから、厨房は地獄の季節を迎える。火を使うため、ただでさえ冬でも暖房要《い》らずなのに、気温があがれば、冷房など何の役にも立たなくなる。

「いっそ裸エプロンで料理するか？」

そんな冗談を言うと、黒田はぎょっとした。

「ばかなこと言うな！　油がはねたりして危ないんだから、ダブルのコックコートを着ろとは言わないけど、なるべく肌はガードして」

その剣幕に、関口はあっけにとられた。客から見えたら困るからやめろ、と一蹴《いっしゅう》されるか、いっそ客を呼びこむためにやれ、と冗談で返されるかと思っていたのに。

「……おう」

黒田は、関口のその表情に、我に返ったらしい。

「えーと……そう、だから、火傷《やけど》に気をつけて」

そそくさと厨房を出ていきかけるのを、首にひじを引っかけるようにして抱き寄せる。

「龍――」

「気をつけるよ」

「……うん」

キスしようと顔を近付けたら、タイミングよく――悪く、か――うつむかれて、唇は額に押し当てられるにとどまった。

「表、用意するから」

黒田は顔をかすかに紅《あか》くして、出ていった。


「おれってバカだー……」

週明け早々、カウンターで憂鬱《ゆううつ》なためいきをつく客は、鈴本だ。ここしばらく、三日にあげずやって来て、カウンターで酒を飲みつつ、問わず語りに己れのだめさ加減を露呈してゆく。関口は、またか、と思いつつも、料理をしながらそれに耳を傾けるのが、いっそ楽しみになってきた。何より、恋人を傷つけておきながら自己嫌悪に悶《もだ》えるばか者を、心おきなくばかめと罵《ののし》れるのは気楽だ。

「そんなに気に病んじゃだめよう。お仕事にも響くでしょ？」

心優しいマスターが慰めた。

「仕事なんて……」

「あら、お仕事ばかにしたらいけないわよ。私生活がぐたぐたになるとお仕事もぐたぐたになるでしょ、そしたらさらに私生活がぐたぐたになって、恋人ともうまくいきにくくなるんだから」

恋人とうまく「いかなくなる」と断定しなかったのは、武士の情けか。

「それに、お酒だけじゃなくて、ちゃんとごはんも食べないと。ちょっとやつれたんじゃない？」

「メシなんて……」

「だめよ。カレだって心配するわ」

「……おれは、あいつに心配してもらう価値なんてないんだ……」

そのまま泣き出しそうな男は、はたから見るとうっとうしいことこの上ないのだが、黒田は親身になってあれこれと世話を焼いている。

「そんなふうに考えちゃだめ。……カレはどうしてるの？　謝ってみた？」

鈴本は力なく首を振る。

「会ってないんだ。電話も、メールもしてない」

「早く連絡したほうがいいわ。カレのほうでも待ってるかもしれないでしょ」

「待ってないよ」

「決めつけないのよ。だってあなたはカレじゃないし、カレの気持ちは、カレにしかわからないんだから」

「わかるよ。だっておれ、ほんとにひどいこと言っちゃったんだ」

「どんな？」

「『おまえもスキだよな、だって《チェネレントラ》に男あさりに来るくらいだもんな』って……」

「あらー……」

黒田は絶句したようだった。怒ってはいないが、目をまるくしているのが見えるようだ。

鈴本はさらなる自己嫌悪に駆られている。

「ごめん、わかってる、それを言うならおれだって同罪だ。あいつと会ったのだってこの店だし、おれだって相手をあさりに来てたんだし、同じなんだ、あいつを責める資格なんてない」

鈴本が、両手で顔を覆っているのが、窓から見えた。

「マスターにもごめん……」

マスターはやさしく言った。

「私にはそうやって謝れるのに、どうしてカレには謝れないの？」

「わからない……」

鼻をすする音がした。

「おれね、親にほっとかれて育ったから、人の気持ちがよくわからないんだ。ガキのころから、まわりがみんな敵に思えて、弱みを見せまいと肩肘《ひじ》張ってた。だからつきあってるやつとも長続きなんてしなかったし、べつにそれでもかまわなかった」

黒田は黙って聞いている。時折グラスと氷が澄んだ音を立てるのは、飲み物のお代わりでもつくっているのか。

「でも、あいつはちがったんだ。なんていうか……うまく言えないけど、なんかこう、ぴったりはまる感じがしたんだ。エッチの相性ってだけじゃなくて、もちろんそれもよかったんだけど、あいつ、おれがなめると」

黒田はコホンと咳払《せきばら》いした。

「そういうことは、あんまり人前で吹聴《ふいちょう》しないものよ」

「ああ…ごめん」

カランと氷が揺れる。

「初めて寝た夜、あいつと、手を握り合って眠ったんだ。今までそんなのしたことなかったし、他《ほか》のやつとだったら多分うざいと感じてたのに、あいつとはちがったんだ。なんかこう……満ち足りてるっていうか、安心できるっていうか」

マスターがしみじみ言った。

「鈴本さん、カレに恋してるのねえ」

「恋なんてものじゃないよ、こんなのが恋であるわけない。おれみたいなばかは、恋なんてできない」

決めつける男に、黒田は穏やかに、けれど確固たる信念を持って言った。

「キューピッドの矢は人を選ばないのよ。金持ちにも貧乏人にも、善人にも悪党にも、あるとき突然突き刺さるの。誰もそれから逃れられないし、逃れていいものでもないのよ」

「……そうかな」

「そうよう」

「そうかな……あいつも、おれと、恋に落ちたと、思ってくれてるのかな」

「きっと思ってくれてるわよ」

そんなふうにして、今夜もほんのわずかな慰めを手に入れ、男は帰っていった。

うまくいかないものだ。人の心は、セオリー通りには動かない。ことに恋は、理性のくびきをはめられない自由なものなのだから、なおさらだ。恋は野の鳥、誰にもなつかぬ、と歌ったのは、ハバネラだったか？

「あーあ、なかなかいい子いないなー」

そうぼやくべつの常連客に、黒田はやさしい笑みを向けた。

「笠原《かさはら》さんたら、ハードルあげすぎなんじゃないのかしら。話してもみないで、彼はだめ、この人はだめ、なんて、ますます出会いの幅を狭めてるじゃないの」

「うーん、そうは言うけどさー……」

笠原はオンザロックのグラスを揺らす。

「なかなかねー、もう、ちょっとでもいいなって感じた子に片っ端から声かけるって芸当はできないよ。トシかなー」

黒田は一笑に付した。

「何言ってるのよ、まだ三十前でしょ」

「それが、先月いよいよ三十路《みそじ》突入」

へらりと笑う客は、まだ生え際が気になるほどではないが、父方がほぼ全員ハゲ…もとい、頭髪が心もとなくなる傾向にあるらしい。

「おれもそのうちハゲるんだ……」

両手で顔を覆って嘆く男を、黒田はたきつけた。

「そしたらよけい、ハゲる前にいい人見つけなきゃあ」

「ハゲるって言わないでよ、もう！」

「いやねえ、自分で言ったんじゃないの」

けらけら笑うと、笠原は深いためいきをつく。

「おれ、マスターならストライクなんだけどなー」

黒田は、本気だか冗談だか、そんなことを言い出した客をちらりと見た。

「カウンターの中の人間を口説くのは禁止よ」

「そうだけどさ……」

「え、そしたらおれもぜひ名乗りをあげさせてくれよ」

割って入ってきたのは、またべつの客だ。

「マスター、もうカンバンでしょ？　飲みにいかない？」

「なあに、みんなしてもう」

「いいじゃない。いつもおれらをもてなしてくれるマスターに、たまにおれらからおもてなしのお返し」

「夜更かしはしないことにしてるのよ、おハダに悪いから」

「ちぇー」

口をとがらせる男たちに、黒田はぽんぽんと手をたたいた。

「さあ、今夜の舞踏会はおひらきよ。きりきりお勘定をすませて、また明日に備えて英気を養ってちょうだい」

「はーい」

文句を言っていた客たちは、聞き分けよく会計をすませ、三々五々帰っていった。

閉店後の雑事をすませると、今日の労働も終わりだ。

厨房に顔を出した黒田に、関口はフリーザーを示した。

「お疲れさん。アイスクリームがあるぞ」

「わ、嬉しい。キャラメルクリームのやつ？」

「ああ」

「私あれ好きよ」

「そうか」

関口は笑った。

黒田はなんとも幸せそうな顔でアイスクリームを口に運んだ。

「鈴本とやらは、相変わらずぐだぐだだな」

関口が水を向けると、黒田は眉宇《びう》をくもらせる。

「そうなのよねえ……自分一人でぐるぐる考えこむより、相手と話したほうがいいと思うんだけど。こればっかりは、まわりでやいやい言っても、当人にその気がなけりゃどうにもならないのよね」

「うじうじしてるだけのやつは出入り禁止にしたらどうだ」

「そんな冷たいことできないわよう」

またアイスクリームをひとくち食べる。

「ん、冷たい……」

関口は、今度はその口にビスケットを入れてやった。かるくて薄いそれは、黒田の歯の間でさくんと小気味よい音を立てた。

「鈴本さんも、今度のカレが今までのどの相手ともちがうって、自分でわかってるみたいなんだけど。だからかえって、どうしたらいいのかわからなくて、行きすぎちゃうみたいなのよね」

黒田の口ぶりは、鈴本のほうにこそ同情的だ。

関口は鼻を鳴らした。

「理解できねえ」

「こういうのは人それぞれだものねえ」

うーん、と眉を寄せる黒田の横顔は、憂いを帯びて美しい。

きれいな男だ、と、関口はあらためて感じた。

こんなきれいな男に、どうしてこれまで注意を払わなかったのか、と、それが自分自身でふしぎに思われた。容貌《ようぼう》が整っているのは知っていた、だがそれだけだったのだ。

なぜかと考えて、色気の問題かと思い当たる。今までの黒田には、それがなかったがゆえに、きれいなだけの——それはつまり人形のような感触だ——男だったのかと。

色気とはつまり、期待だ。その表情を見る者の目に、自分の手の中に落ちてきそうだと感じさせるもの。

今までの黒田の表情には、そういった色気、言い換えれば、期待させるもの、ちょっとしたもろさ、揺らぎ、危うさというものはなかった。もの柔らかだが、それでいて硬質な、壁のようなものさえあった。

そう、壁だ。もしくは境界線。ベルリンの壁、万里の長城、勿来《なこそ》の関。

カウンターの中の人間を口説いてはいけない、という不文律が、ここ《チェネレントラ》にはあるが、むしろ境界線は、カウンターなどという物理的なものによってではなく、黒田の中にこそあった。目には見えないけれど、厳然と。確固として——断固として。それがつまり近寄りがたさ、色気のなさというものだったかもしれない。

ところが、最近はどうだ。黒田が客と自分の間にひいていた太い線、もしくは厚い壁は、いつの間にか薄れており、それと反比例するように、彼自身の色気が増した。

そして彼自身の色気が増すのと比例して、客が黒田に声をかけることが増えた。ここ何週間かで、フードのオーダーがよく入るようになったのも、そのせいではないかと関口は考えている。なぜなら、ドリンクやフードを注文すれば、それをテーブルに運んでくるマスターに、話しかけるチャンスが増えるということだからだ。

そんなことで目くじら立てるほど子供ではないが、何かしらおもしろくないような、その魅力的な男を独り占めしていることに優越感を覚えるような、複雑な心境だ。

「鈴本さんは、自信がないのかもしれないわね」

「自信？」

「自分がカレから愛されてるって自信よ。だから、それを量るために、意地悪しちゃう。こんなことしてもこいつは赦《ゆる》してくれるかな、ここまでやっても赦してくれるかな……」

関口は鼻で嗤《わら》った。

「それでやりすぎて嫌われてりゃ世話はない」

「まだ嫌われたとは決まってないでしょ」

黒田は最後のアイスクリームを口に入れた。

「たぶん、鈴本さんとカレは、相性…というか、ぴったりだと思うんだけど。性格的な意味で、意地悪しちゃう鈴本さんと、それを包みこめるカレとで」

「その相手に、意地悪されても受け流せる強さがあればな」

「そうねえ。しっかりしてそうには見えたけど、そもそも、そんなめんどくさい男なんて御免だって考えてたら、うまくはいかないものね」

黒田はまた考えこんでいる。関口は、からになったアイスクリームのデザートクープを取り上げ、シンクに持っていった。

「『かなり不良性のあったわたくしを、智恵子《ちえこ》は頭から信じてかかった』……」

ふいの呟《つぶや》きに、その声の主を見やる。

「高村光太郎《たかむらこうたろう》か」

「あら、知ってるの？」

「高校の現国教師が好きだったみたいで、レポート書かされた」

「すてきな先生ね」

「その教師が言ってた、まるっと許容されることに抱く安堵《あんど》ってのは、どんなもんかなあと思ったことがあるんだ」

「そう、そうね、まるっと許容されること、鈴本さんがその価値をちゃんとわかってたらいいのに」

黒田は遠くを見るまなざしで呟いた。

「すぐそこに、自分のためだけの愛があるのに、それを手にとれない、とりかたがわからないって、不幸だね」

関口は腕を伸ばし、恋人の首にひじをひっかけるようにして、静かに、それでいて力強く、その体を抱きしめた。

「おまえはわかってるか？」

「……龍」

「おまえのためだけの愛が、すぐそこにある。ちゃんとわかってるか？」

黒田は抗《あらが》わず、こちらの肩にそっと頬《ほお》をつけた。

腰にまわされた腕は、まだためらいがちだ。

エアコンが切られ、次第に蒸し暑さを取り戻してゆく厨房で、ただ黙って、そうして抱き合っていた。

◇　◇　◇

それは、明日は定休日という土曜の夜のこと。

久しぶりに、例の二人組がやって来た。ヒラヒラコンビこと、平沢《ひらさわ》と平井《ひらい》だ。

寂しい男たちの憩いの場であるこの《チェネレントラ》に、わざわざできあがった者同士で現れるのは、店の趣旨に反すると追い出すか、見せつけるんじゃねえこのやろうと蹴り飛ばすか、最低でもどちらかはすべきだと思うのだが、わけへだてをしないマスターは、そんな不心得者でもにこやかに招き入れて金を搾《しぼ》り取るというやさしさだ。

二人はカウンターの右端の定位置に腰を落ち着けた。そこは、窓口を通して厨房からもよく見える場所だ。

あの二人が来たということは、定番の注文も入る。そう読んで、関口はフィッシュ・アンド・チップスとマウルタッシェンの準備にかかった。

ところが。

通されてきたオーダー表を見て鼻を鳴らす。連中は、フィッシュ・アンド・チップスに本日のサラダ、スペアリブのグリルとピクルス盛り合わせを注文していた。

さては、前回のイタズラ――肉詰めパスタに鷹《たか》の爪《つめ》をまぎれこませる、という――にこりたのか。小心者め、と関口は内心でせせら笑った。あんなことは、そうそうするわけではないのに。

「ま、しかたないか」

あの人のよさそうな平井が、好物にしこまれた、思ってもいなかっただろうイタズラに、相当驚いたのだろうことはわかる。あのときは虫のいどころが悪かった――というか、まあ、単なるイタズラのつもりだったのだが、見せつけられてちょっとおもしろくなかったのも事実だ――自分が、おとなげなかったのだ。

関口はそのままマウルタッシェンの調理を続け、フィッシュ・アンド・チップスと一緒に出してやった。

訝《いぶか》るマスターには、おれから詫《わ》びだ、と申し添えた。黒田はあらあら、というように微笑して、カウンターの客に供した。

二人はそろって目をみはり、窓から厨房のほうを窺い、関口がにっと笑ってやると、平沢は、食えるよ、と連れに皿を勧め、平井はおそるおそる口に入れた。まったく、おかしな取り合わせだが、それがウマが合うということなのか、うまくいっているらしい。

「ねえ、そういえば、お二人さん今日はこのあとヒマ？」

と黒田が訊ねるのが耳に入った。

「ヒマかといえばヒマだけど。何かあるの？」

「店がひけたら、関口の誕生祝いに飲みにいくんだけど、一緒に来ない？」

「誕生日？」

「へえ。関口さん、いくつになったの？」

「三十九ですって」

関口は思わず叫んでいた。

「八だ、マスター！」

「あらごめんなさい」

黒田は首をすくめ、三十八ですって、と言い直した。

「プレゼント、何も持ってないけど。いい？」

「かまわないわよう、酒代でもはずんでくれれば」

「じゃあ行くよ。いいだろ、輝之《てるゆき》？」

「もちろん」

どうやら、そういうことになったらしい。


閉店まで飲み食いしていたヒラヒラコンビは、先に《チェネレントラ》を出た。指定した店は、《ロータス》という大きなバーだ。五丁目の真ん中にあり、にぎわっている。端から端まで三十メートルはあろうかという名物の長いカウンターには、渋いひげのマスターのほか、五人のイケメンバーテンダーが待機しており、シェイカーを振るテクニックとサービスで客をもてなしていた。客層はさまざまで、仕事帰りのサラリーマンやＯＬ、ホストにデート嬢、モデル、アーティスト、芸能人、ゲイ、ドラッグクイーンも多い。

平沢たちは、そのカウンターで先に飲んでいた。華やかな客たちの中にあって、ひっそりとしていても存在感がある。こちらを見つけてひらりと手を振る。

「お待たせ」

と黒田が笑いかけると、平沢はまじまじと見つめてきた。

「なあに？」

「いや。マスターと関口さんって、迫力のあるカップルだよね」

「迫力ってなによう」

「圧迫感っていうか」

「圧迫感ってなによう！」

黒田はふくれたが、二人そろって百八十センチを超える上背があるのだから、しかたないだろう。

関口は助け舟を出した。

「気にしてるんだ、あんまりつつくな」

平井も連れをたしなめた。

「そうだぞ、翼《たすく》。恋は身長でするものじゃない」

黒田は喜ぶ。

「名言だわ、平井さん！」

平沢は連れを冷たい目で見やった。

「ほう。…てことは、おまえはおれがもう二十センチ大きくてもかまわないわけだな？」

平井は途端に元気をなくした。

「せめて姫だっこできる体格におさめておいてくれ……」

黒田が反応した。

「姫だっこできるの!?」

「ええまあ、翼くらいなら」

「だから言ったろ、あんなもんは気合だ」

「あとは下心」

「おっ、よくわかってるな、平井」

「そそこには」

男二人が固く握手をかわすかたわらで、黒田があきれ顔をしている。

「ほんとに、男ってばかなんだか単純なんだか」

平沢はためいきをついた。

「一緒にしないでくれる？」

止まり木には、平井、平沢、黒田、関口の順に座った。面子《めんつ》がそろい、飲み物が手元に渡ったところで、あらためて乾杯する。

「それでは関口氏の誕生日を祝って」

「三十八歳おめでとう」

「おめでとうございまーす」

「おう、ありがとうよ」

グラスをふれあわせる音が美しく響いた。その音が祝福なのだとしたら悪くはないが。

黒田がいたずらっぽくのぞきこんでくる。

「三十八になってどんな気分？」

関口はにやりとした。

「おまえさんもすぐだ、楽しみにしてろ」

「いやねえ、意地悪言わないで」

そう言ってかるく睨み、メニュー表をとる。

「私おなかすいたわ。関口も何か食べるでしょ？」

「ああ。じゃあ……カニ爪フライとカニクリームコロッケ」

「カニ尽くしね。野菜も食べたほうがいいわよ」

「じゃあチーズとマルゲリータも」

「野菜だってば」

「おまえさんの皿から取るよ」

「まあいいわ。私はアボカド・シュリンプとラタトゥイユと……ミモザサラダにしよう。あなたたちは？」

という問いかけはヒラヒラコンビに向けたもので、二人の返答は、《チェネレントラ》でさんざん食ったからいい、だった。

黒田はそばで待機していたヒゲのマスターに注文を通した。

「かしこまりました」

五十がらみのそのマスターが、いやににっこりと愛想よく応じたのは、この四人の中に気に入った貌《かお》でもあったか。平井でも平沢でもとって食ってくれてかまわないが、黒田だけは見逃してくれ、などとヒラヒラコンビには気の毒なことを考えつつ、関口はビールを飲んだ。

土曜の夜は、誰も彼も浮き足立ったようなにぎわいに身をまかせている。他愛《たわい》もない雑談に花を咲かせていると、酒も進む。自家製カニクリームコロッケも、自分のつくるものとは甘みがちがうが、うまい。

ミモザサラダを取り分けつつ、連れたちのおしゃべりに耳を傾けていたら、もとは何の話だったのか、黒田がいたずらっぽく笑った。

「あらー、そんなこと言うなら、今度平井さんのワイルドターキーに唐辛子入れるわよ」

「ちょっとマスター！」

平井がおどけると、カウンターの向こうで、この店のマスターがひょいとこちらを見た。

「あ、違います、すんません」

平井は首をすくめ、平沢に、何やってるんだか、とあきれられている。

「そういやマスターとしか呼んだことないな。名字なんだっけ？」

「黒田よ」

「じゃあ、黒田さん。……なんかしっくりこないな。関口さんもそう呼んでるのか？」

「完全プライベートでは違うけどな」

「完全プライベートでは何て呼ぶわけ？」

「決まってるだろ、下の名前だ。……剛、って」

その、剛、のところだけ、ことさらにつやめかしてやった。黒田はつまんでいたチーズを取り落とし、平井はあっけにとられた。

平沢はにやにやした。

「えろいなあ」

関口もにやりとした。

「恋人を呼ぶんだから、当然だ。おまえさんの恋人はそんなふうに呼んでくれないのか？」

「どうだったかな……」

そうしてちらりと相方を見た目はいたずらっぽく、挑発的だった。

平井はそっぽを向いてウィスキーを飲んでいる。

平沢は視線を戻した。

「で、マスターは関口さんをなんて呼んでるの？」

黒田はチーズを咀嚼するひまに、ゆっくり息を吸い、静かに吐いた。

「秘密よ」

しかし当然ながら、その答えは平沢を満足させはしない。

「気になるなあ。やっぱり下の名前？　関口さんの下の名前って何だっけ」

「龍之介だ」

「ああ、芥川《あくたがわ》と一緒……」

と平井が呟いた。

関口は鼻で嗤う。

「新鮮味のないコメントだな」

「すみません……」

平井はうなだれた。しおれた大型犬のようなその様子に、平沢は――こちらは「平然」が骨の髄までしみついた猫の性《しょう》だ――そんなところが好きなのだろうかと、ふと思った。


トイレに行くのに席を立った関口は、用をすませてカウンターに戻る途中で、モデルのようなスタイルの美人から袖を引かれた。

「ねえ、あなた、ステキね」

うっとりとささやくハスキーボイスは甘く、こんなふうに男に声をかけるのに慣れている――むしろ、かけなければ損だとすら考えているような、物怖《ものお》じのなさだ。

関口はちらりと見て、化粧の濃さに辟易《へきえき》した。ずいぶんと塗ったり盛ったりしているが、それらを全部落としたら、どんな顔になるのか。素地は悪くなさそうなのに、もったいない。

「よかったら、一緒に飲まない？」

「悪いが、連れがいるんでな」

恋人だという含みを持たせると、察しは悪くないのか、未練なげに手を放した。

「あら、そうなの。じゃあ今度、独りのときには一緒に飲んで？」

またね、と明るく笑ってしなしなと歩いてゆくうしろ姿は、ぱっと見には、完全に女だ。歩き方にも気を使っていて、膝《ひざ》の内側をすりあわせるようにしてひらかないあたり、なまじな女よりよほど美しいウォーキングだった。

カウンター席に戻ると、黒田がわき腹を肘で小突いてきた。

「コナかけられてたでしょう」

からかうような口調だ。

「まんざらでもなかったんじゃないの？」

関口は肩をすくめる。

「相手にしやしねえよ」

「あら、そう？　きれいな人だったじゃない？」

「だってあいつは『女』だろう」

体が男であろうと、心根の持ちようとして女であろうとする人間は、関口にとっては「女」だ。まったく食指が動かない。そう断言すると、黒田はわずかに目をみはり、ついで指先を口元に当てた。

「それって、あの人には最大のほめ言葉だと思うけど」

「ほめてない」

「そういうのが一番罪作りよねえ」

「妬《や》けるか？」

「妬けないわよ」

かるく睨んでくるきれいな恋人のほうが、自分にとってはよほどそそられるのだと、どう言えば伝わるだろうか。

「正直に言やいいのに」

「正直に言えば、妬いてません」

「わかったわかった。かわいいなあ」

首にひじを引っかけるようにして抱き寄せ、頭に顎《あご》を乗せてぐりぐりしてやると、その子供っぽいふざけに、むくれながらも笑っている。

「もう、なによう」

平井がひやかしてきた。

「こらー見せつけんなー」

関口は平然と返した。

「おまえさんたちもやったらどうだ」

「え、じゃあ翼――」

「つつしんでご辞退申し上げる」

恋人のはずの男をつれなくあしらった平沢は、頬杖《ほおづえ》をついて首をかしげた。

「関口さん、それだけ徹底して女嫌いなのに、マスターの女言葉は平気なの？」

「女言葉イコール女じゃないだろ。こいつの場合、言葉遣いを間違って覚えたっていう印象なんだよな」

「ああ、非ネイティブがネイティブの女性の言葉を聞いて覚えたらそのまま女言葉になった、みたい

な感じ？」

「ああ、それそれ。姉さんが二人いて、小学校にあがるまで、自分の言葉遣いがおかしいなんて思ってもみなかったらしいからな」

「なるほどね」

「だからおまえはべつだ。わかったか？」

と、これは腕の中の恋人に向けた言葉だ。

それが聞こえたか聞いていなかったか、黒田は、鼻がつぶれる、と呻《うめ》いている。

そのかたちのいい鼻が損なわれては大変だ。関口はようやく腕をほどいた。

「息がとまるかと思った……」

黒田はぼやいて、乱れた髪を撫《な》でつけた。

「鍋釜《かま》扱う人は腕力もありそうだよね」

平井が同情する。

「それだけじゃないのよ、この人高校では水泳の選手だったから」

「水泳？」

「どうりでいいカラダしてると思った」

平沢が無造作に言うと、平井は我が身をかえりみるしぐさをした。

「今でも泳いでるの？」

「ああ。週三くらいだけどな」

「得意種目は？」

「なんだと思う？」

「さあ。……マスターは知ってる？」

「そういえば、聞いたことないわ」

「あててみろよ。確率四分の一だ」

平井が言った。

「クロール？」

「はずれ」

平沢が言った。

「背泳」

「はずれ！　これで確率五〇パーセントか」

黒田は首をかしげた。

「関口はもっとがつがつしてそうよねえ」

関口は笑ってしまった。

「なんだそりゃ」

「正解したら何か出るの？」

「出してほしいのか？」

「ボトル一本おごるとか」

「いいぜ。じゃあ不正解のときはおれの言うことひとつ聞けよ」

「やだ、めちゃくちゃたかられそう！」

かくなる上は何としてもボトルをもぎとろうと、黒田はまじめに考え始めた。

ヒラヒラコンビも興味津々で見守っている。あわよくばおこぼれにあずかろうというのか。

「ふたつにひとつだろ。あてずっぽで言っちまえよ」

「平泳ぎとバタフライでしょ……どっちがワイルドかっていうとバタフライで、関口にはそっちが似合いそうな気がする」

「ワイルドねえ」

確かに、「蝶《ちょう》」というネーミングにそぐわず、獲物に飛びかかりそうなスタイルではある。

「で、どっちにするんだ」

「バタフライ」

「ファイナル・アンサー？」

「……ん、ファイナル・アンサー」

関口はにやりとした。

「正解だ」

「え……ほんとに？」

「ああ」

両腕を大きく広げ、バタフライのフォームで飛びかかってやる。

「なによ結局そういうオチ!?」

黒田はもがいたが、簡単に逃がしてやるほど大人ではない。

「ちょっと平沢ちゃん、助けてよう」

「なんで平沢を呼ぶんだ、おまえを助けるのはおれだろうが」

「その人に襲われてるんだからちがう人呼ぶわよう」

「なんだと？　愛してるって言うまでこのままだぞ」

「はいはい、愛してる愛してる」

もがく黒田を——というより、多分、それを押さえこむ関口ごと——見て、平井がぼそりと呟いた。

「ラブラブだな」

平沢もうべなった。

「そのようだな」

ようやく逃れた黒田が否定した。

「酔っ払ってるのよこの人！」

関口は笑った。まあ、そういうことにしておいてやろうか。

トイレに立った平井が戻ってくると、なんだか困ったような、嬉しいような顔つきで苦笑していた。

「きれいなオネエサンに声でもかけられたか？」

という平沢の指摘は図星だったようで、素直に驚いている。

「なんでわかった」

「やにさがってる」

「やにさがってるっておまえ……そんな……」

平井は動揺して顔を撫でまわした。

黒田がからかった。

「あらー、平沢ちゃんて人がありながら、よその人に声かけられて嬉しそうにしてたらだめじゃない」

「こいつの愛情なんてそんなもんだよ」

と平沢はいたってクールにくさしたが、平井はといえば、困ったように眉を寄せながらも、やはりちょっとは嬉しいらしい。

「いやー、思わず声をかけたくなるほど、少しは魅力があるのかと思うじゃないか」

などと謙遜《けんそん》でなく言っているのは、この男も自分の価値というものの評価が低いらしい。特別ハンサムというわけではないが、ちょっと目尻《めじり》の垂れた笑顔など、なかなかいい貌だと思うのに。

平沢はいっそ冷淡だ。

「カモがいると狙《ねら》われたんだ、気付け」

「翼……っ」

平井はカウンターに沈んだ。まったく、見ていて飽きない二人だ。

「なあ、それより、ここってダーツがあるんだな」

平井が言ったのは、席を立った途中で見つけたものらしい。

「ダーツ好き？」

と黒田が目を輝かせた。

「いや、実はやったことなくて」

「じゃあやりましょう。平沢ちゃんは？」

「おれはパス」

関口も手を上げた。

「おれも」

「じゃあちょっとやってくるわね」

「はい、いってらっしゃい」

平沢がひらひらと手を振る先で、黒田は平井の腕をとり、嬉々《きき》としてダーツコーナーへ向かった。

冷めかけたラタトゥイユを口に運んでいると、平沢がスツールを移ってきた。

「どうした」

「ずいぶん大事にしてるみたいだね」

などと言い出したのは、黒田のことだろう。

「まだ手を出してないと見たけど」

関口は眉を上げた。

「おまえさん、鋭いな。他人のことなんか興味ないって顔してるのに」

「興味はいつだってあるよ、それがおれには関係ないってだけで。ましてマスターにはお世話になってるし――」

平沢は《チェネレントラ》の客だが、アルバイトを仰せつかることもあり、そういうとき、マスターは雇い主だ。

「もっとさっさと食っちゃうのかと思ってたよ。どういう風の吹きまわし？」

関口はかるく睨んでみせた。

「失礼なやつだな、人を手が早いだけの男みたいに」

「おれのときは即答したくせに」

「ありゃおまえさんがソレ目的で声をかけてきたんだろうが」

「まあね」

平沢は肩をすくめる。

関口はダーツコーナーにいる恋人を見やった。ターゲットボードの前で、平井に何やら説明している。

「あれはチョコレートだからな」

平沢は持ち上げかけていたグラスを戻した。

「甘くておいしいってこと？　ほろ苦いのがおいしいってこと？　それとも、とっておきって意味？」

「とっておきか、いいな、それ。……チョコレートってのは、つやつやのぴかぴかに仕上げるのに、温度管理が難しいんだ。最高の状態で食べるために、手間ひまかける価値があるって意味だよ」

平沢はにやにやした。

「ははあ、それで今はその、手間ひまかけてる最中なわけ？　じきおいしくいただいちまおうって魂胆で？　やらしいなあ」

関口もにやりと笑って返した。

「料理人てのは、その食材をいかにして最高にうまく食うかってことをいつも考えてるんだ、覚えとけ」

「はいはい」

くすくす笑っているのは、こちらも機嫌がよさそうだ。

「おまえさんこそ、平井とはうまくいってるみたいだな」

水を向けた途端、きゅっと眉根が寄ったのは、そうでもないのか？

「うまく…いってるのかな。ときどき蹴飛ばして追い出したくなるけど」

「そりゃ穏やかじゃないぞ」

平沢は頬杖をつき、手持ち無沙汰《ぶさた》に水滴のついたグラスをなぞった。

「もともと一人の男と長くつきあったことなんてないし……自分でもよくもってると思う」

「そろそろ一年か？」

「そう…かな。そんなものだと思う」

関口は苦笑した。ちょくちょく《チェネレントラ》で一夜の相手を探し、一度寝た男と二度は寝なかったやつが、一年も続いている理由なんて、ひとつしかない。

「認めちまえよ。おまえはあいつが好きなんだ」

平沢は細く息を吐いた。

「人を好きな気持ちって、おれ、よくわからないんだよね」

関口は意外な思いがした。

「てことは、平井が初恋か？」

平沢は鼻で笑った。

「それがちがうのだけははっきりしてる」

「へえ」

「むかし好きだった人はいたよ。ただ、輝之に対する気持ちが、その人に抱いてた想《おも》いとはかけ離れすぎてて、自分でも何してるんだかわからないんだ」

関口はグラスを揺らした。

「悩め悩め。人の気持ちは、図形の合同とちがって、どこもかしこも一ミリのずれもなくぴったり重なるようなもんじゃない。相手がちがえば抱く思いも変わる。せいぜいがとこ相似ってところだ」

「関口さんが黒田さんに抱く思いと、それまでの恋人に抱いてた思いも、相似？」

「そうだな」

「相似の条件て聞いていい？」

「そうだな……相手にいつでも笑っててほしいとか、泣いてるところを見たくないとか、そういうことだな」

平沢はカクテルグラスに口をつけた。薄紫色のそれはブルームーン、「できない相談」という意味があるそうだ。ゆっくりとふた口飲む間考えて、やがて言った。

「……やっぱり、よくわからないよ」

そう白状する表情は憂いを帯びていて、平沢の色気はこういうところににじむと思う。平気で恋人の尻も蹴っ飛ばす男が見せる、ちょっとした頼りなさ、危うさ、そういうものだ。

「そうか」

関口もそれ以上は言わなかった。こればかりは言葉で説明できるものではないし、まして数学的公式のように証明できるものでもない。

やがて、遊んできた二人が戻ってきた。

「久しぶりで楽しかったわ」

黒田は上機嫌だ。

「まいった。歯が立たない。黒田さんすげえ強いな」

平井は髪をかきまぜている。

平沢は元の席に戻った。

「ゲームはなに？　スリー・オー・ワン？」

黒田が答える。

「単純にカウントアップよ。平井さん、初めての割に狙いのつけどころも、フォームもよかったわよ」

平井がスツールに腰を落ち着けながら報告した。

「いやもうボロ負けだよ。なんかいろいろと勝手がちがう」

「狙いは悪くないんだけど、ちょっと欲をかきすぎるところがあるのよね。ダーツのターゲットは、二十ポイントの隣が十九ポイントというわけじゃないから」

「それなんだよな。よし、今度はちょっと戦略を立てるぞ」

験《げん》直しのように、ショットグラスに残っていたバーボンをぐっと飲み干すと、黒田は笑いながらスツールに戻ってきた。

「おかえり」

「ただいま」

関口は、勝者の口に、フォークに刺したプチトマトを運んでやった。

「……もう、子供じゃあるまいし」

黒田はそう言いながらも口をあける。

「ラブラブだなあ……」

うらやましそうに平井が呟いた。

「やってやらないぞ」

平沢がにべもなく言うのが聞こえた。

「あ…と」

宴《うたげ》果てて、ヒラヒラコンビと別れて歩き出したとき、黒田が何かにつまずいたか、足をよろめかせた。

関口はとっさに腕をとって支えた。

「大丈夫よ、ごめんなさい」

黒田がそう言うのは意地を張ったのでも何でもなく、実際、関口の手にかかる重みはさほどもないくらいだったが、かまいたいのは恋人として当然だ。

「少し酔ったか？」

「いやねえ、そんなに飲んでないわよ」

「送っていってやろうか？」

真正面から視線をからませると、黒田はわずかに——ごくわずかに、息をとめそうな表情をした。それは本当にかすかで、しかも瞬間のことで、関口が意味を読み取る前に消えてしまった。

「大丈夫よ。送りオオカミがこわいしね」

黒田は冗談めかして笑った。下心たっぷりのオオカミとしては、釘《くぎ》をさされたわけだ。

「関口も帰って、ゆっくり休んで。……誕生日おめでとう」

黒田は何でもないようにおやすみを言って、手からすり抜けるようにして、帰っていった。

「残念」

関口は独りごちた。

◇　◇　◇

「あ……っ、危なかった……」

関口と別れた黒田は、メトロへおりる階段の陰に身を隠すなり、深く息を吐いた。

あのすてきなバリトンに、送っていってやろうか、などと訊《き》かれて、思わず、うん、と口走らなくてよかった。そう答えていたら、いったいどうなったことやら。

思い返すのは、つい先刻、《ロータス》でかわした平沢とのやりとりだ。関口が席をはずした隙《すき》に、隣でブラック・ロシアンを飲む《チェネレントラ》常連客に、小声で訊いてみたのだ。

「ねえ、平沢ちゃん」

「なんです？」

「関口と寝たときって、どうだった？」

ぶふっ、と琥珀《こはく》色の酒を噴いたのは、もうひとつ向こうの席にいた平井だった。げほげほと盛大にむせる連れを、平沢はちらりと冷たく一瞥《いちべつ》しただけで、こちらに向き直ったときには優雅な笑みをうかべていた。

「マスター、それセクハラだって知ってる？」

黒田はむうと口をとがらせた。

平沢はカクテルをひとくち飲み、唇をなめる。

「まだしてないんだ？」

それは静かな逆襲だ。黒田は図星を刺された。

「……そのとおりよ」

「してほしいのにしてくれないの？　したがるのをさせてあげてないの？」

「あーあー、平沢ちゃんに訊いた私がばかでしたー」

あまりにも直截的《ちょくさいてき》な切り返しに、黒田は顔を両手で覆う。

「まあそんなこと言わないで。何か飲む、おごるよ？　キス・オブ・ファイヤーとかビトウィーン・ザ・シーツ、ああ、オーガズムでも？」

意味深な単語は、カクテルの名前だ。

「何よそのチョイス」

「欲求不満なのかと」

「ちがいます」

「じゃあ伺いましょうか」

どうぞ、とてのひらを見せられる。

黒田は短くためいきをついた。

「……どうしたらいいかわからないの」

「ふうん？」

平沢は、口をつけていたカクテルグラスを戻した。

「それは、誘い方がわからないってこと？」

黒田は正直に答えた。

「誘われたときの応じ方がわからないってこと」

「……ふうん？」

その手の経験値の高い青年は、かすかに眉を寄せた。

「だから訊きたいんだけど。関口とは、どうだったの？　誘われたとき、どう応じた？」

平沢は苦笑した。

「ごめんね、誘ったのおれのほうだから」

「え――」

「『今夜ヒマ？　おれとつきあう気ない？』って」

黒田は絶望した。

「使えないわ……」

「すいませんね、やりたがりで。尻軽で」

「そんなこと言ってないわよう」

しかし平沢は言葉ほどには頓着《とんちゃく》していないようで、変わらず涼しい顔だった。けほ、と空咳をした平井のほうこそ、リアクションに困っている。

「関口さんから誘われてはいるんだ。そしたら、にっこり笑って彼の手をとればいいんじゃないの？」

「それができたら苦労はしないわ」

そこで関口が戻ってくるのが見えたため、話は終わったのだが。

黒田は息をついた。

部屋まで送ってもらって、はたしてそれだけですむだろうか。否、社交辞令でも、ちょっとあがっていって、と言わずにはおれないだろう。関口も遠慮するようなたちではないし——遠慮するような間柄でもないと考えているに違いない、おそらく、何の疑問も持たずに応じる。

そうして、部屋にあげて、それから？　お茶を出すか、酒を出すか。いやいや、酒はやめたほうが無難だ、これ以上理性がゆるんだら、今度こそあの甘いまなざしとすてきなバリトンに、ふらふらと引き寄せられてしまう。

だからといって、お茶で——文字通り、お茶を濁せるとも思わないが。

それとも、時間が時間なだけに、もう寝ようという話になるか。あるいは、その前にシャワーを浴びる？

黒田はふるふると首を振った。絶対にだめだ。シャワーなど、もっと危険ではないか。いかにも、これからしたいと思われそうで。

そうしたら、どうする？　すぐ寝る？　寝床はひとつしかないあの部屋で？

幸いにして、六月のこのごろは、夏掛け一枚でもそう寒さを感じない。枕《まくら》と毛布だけひっぱってきて、自分がリビングの床で寝るとか。いやいや、そうしたらきっと、関口は、おまえさんの部屋なんだからおまえさんが床で寝ることはない、と言うだろう。そして、一緒に寝よう、と、当たり前のことのように言い出す。きっと。絶対。

そうしたら、今度こそ拒めない。なしくずしに一緒に布団に入ってしまい、キスされていやと言えず、服を脱がされて——もしかしたら、布団に入った時点ですでに着ていないかもしれない——あちこちにキスされる。躰《からだ》が熱くなって、頭に血がのぼって、剛、と耳元でささやかれるだけでわけがわからなくなって、この口は、龍、と相手を呼ぶことしかできなくなる。

そこで、夢が終わるのだ。それ以上は進めない。どんなにやさしくされても、どんなに誘いかけられても、だ。

なぜなら、最後の最後で、自分はきっと、あの男を拒んでしまうから。

黒田は深く重いためいきをついた。

めでたく想いが通じてから、このふた月の間に、何度かそういうムードにはなった。店がひけてから飲みにいった帰り、偶然を装って通りがかったラブホテルの前で。あるいは、帰りがけに招かれた関口のマンションで。黒田の部屋でも。

だが、それ以上は進まなかったのだ。ラブホの前では、何のかんの言って冗談にまぎらせてしまった。関口の部屋では、何気ないふりで暇乞《いとまご》いをした。自分の部屋では、次の日が定休日だったのをいいことに、夜が明けるまで耐久飲みに突入して、朝帰りさせてしまった。さすがに自分も翌日は——というか当日だ——ひどい頭痛で半死半生のていだった。

ひどい飲み方をした、という自己嫌悪と、それでなくても痛む頭を抱え、干からびた全身に水分を行き渡らせるように水をがぶ飲みしながら、何をしているのだろう自分は、と、さらに頭が痛くなる思いだった。

だってこわいのだ。関口が本当に自分を好いてくれているのか、それが、自分が関口を好きなのと同じ種類の愛情なのか、わからなくて。

黒田がこれまで好きになった相手の中には、おまえが好きだ、と言ってくれた人もいた。だが、それはあくまで友人として、信頼できる相手としてであって、恋愛ではなかったのだ。なにマジになってんのおまえ、と一笑に付されたこともある。自分よりでかい男とはないわ、とはっきり言われたこともある。

関口は、そんな黒田の臆病を一蹴した。おまえには居直りが足りない、と言った。それはつまり、居直ってもいいということだろうか。

居直り。黒田は憂鬱になった。居直るとはどういうことだろう。自分をもっとさらけだすこと？ 恥じないこと？ 関口の気持ちにあぐらをかくこと？

——それは、《チェネレントラ》の客、鈴本と同じ行動をとってしまうことではないか？

そんなことは、絶対にできない。黒田はためいきをつく。

相手の気持ちを確かめる駆け引きとして、多少は使えるのかもしれないが、それは劇薬のようなものだ。致死量がどのあたりにあるのかわからなければ、一口で死ぬ。いっそひと思いに死ねればいいが、さんざん苦しんで、のたうちまわって、息の根のとまるその瞬間まで後悔にさいなまれ、あげくに、喉をかきむしりながら死ぬのだ。誰も手を差し伸べてくれないし、救い出す手段もない。とどめをさして、苦しみを断ち切ることのほかは。

それならそれでいい、と胸の内に呟き、黒田はゆっくりと歩き出した。とどめをさしてくれるのは、あの男だ。すてきなバリトン、目尻に笑いじわのできる、魅力的な男。関口龍之介。

あの男ならきっと、いたずらに苦しみを長引かせたりせず、すぱっと息の根をとめてくれる。冥途《めいど》の土産に、笑いかけてくれるだろうか。やさしい言葉をかけてくれるだろうか。そうしたら、それ以上のぜいたくはないのに。

そこまで考えて、黒田は足をとめた。

「居直りが足りないって、そういう後ろ向きなことばっかり考えてるからだよ……！」

深く長いためいきが出た。

自分の想いは、関口には重いかもしれない。もっとライトに、ドライに、粋な感じでつきあうべきなのかもしれない。もう恋に恋する齢《とし》でもないのだし――いい大人なのだし。

それができたら苦労はない、という自答に気が重くなりながら、黒田は再び歩き始めた。

◇　◇　◇

その夜、店を閉め、後片付けをしているときだ、黒田が思案顔で言った。

「そういえば、このへんに銭湯なんてないかしら。スパとか温泉とか、そういうのでもいいんだけど」

関口は明日の仕込み分を冷蔵庫に並べながら訊き返した。

「銭湯？　風呂《ふろ》が壊れでもしたのか？」

「そうなの。昨夜お風呂場の蛇口をひねったら、ボン！　て聞くも恐ろしい音がして、それっきりお湯が出なくなっちゃって。今日朝イチで大家さんに連絡したら、そっち持ちで修理してくれるらしいんだけど、今日明日ってわけにはいかないみたい」

「そりゃ災難だな」

「さすがに二日も三日もお風呂に入らないわけにいかないから、しばらく銭湯通いするしかないと思うのよね。どこかいいところ知らない？」

関口はちょっと考え、答えた。

「一軒、こころあたりがある」

「ほんと？　どこ」

「ついでだから、連れてってやるよ。タオル類は置いてあるところだから、そのまま行けるぞ」

そうして、黒田とともにやって来たのは。

「…………ここって」

黒田は怪訝《けげん》な顔をした。

住宅街に建つ、いささか古びた観のある外装の、そこはどう見ても三階建てのマンションだ。

前にも来たことがあるからわかるのだろう、つまりそこが、関口のうちだと。

「タオル取りに寄ったの？　でも手ぶらで行けるって——」

関口は平然と言った。

「嘘《うそ》じゃないさ。タオルも用意してある」

「……帰る」

きびすを返しかけた黒田の腕をとり、前を向かせた。

「待てよ、風呂ぐらい貸してやるって。なんだったら帰りはちゃんと送ってやるし」

「そんなこと心配してるんじゃないけど――」

「だったらいいだろう、そら、入れよ」

しりごみする背を押すようにして二階の部屋に連れこむと、玄関で、黒田は観念したように靴を脱いだ。

「お邪魔します」

「散らかってるが」

「かまわないわよ、急に来たのはこっちなんだし」

関口はエアコンと扇風機のスイッチを入れ、そこらに乱雑に投げ出された雑誌などを片付けた。

黒田はロータイプのソファに、長い脚を折りたたむようにして座った。

関口は風呂に湯を張り、次いで、かるく食べられるものをつくった。健康志向の恋人に、野菜をちゃんと出してやろう。

トマトをざくざく刻んでいると、手持ち無沙汰なのか、黒田がキッチンにやって来た。

「何か手伝う？」

「手伝いがいるほど手のこんだものじゃない。悪いな」

「龍のつくるものは、手がこんでなくてもおいしいよ。もちろん、手がこんだのはさらにおいしいけど」

「ありがとうよ」

関口はちょっと笑った。この慎み深い恋人が、関口のつくるものに関して、あれが好き、これが好き、と言うのは、それをつくった男も好き、と言っているようには聞こえないか？

ブルスケッタに作り置きのゆで豚でかるくビールを飲むと、やがて風呂もわいた。

関口は脱衣所の吊《つ》り戸棚をあけた。

「タオルは何枚使う？」

「……二枚でいいわ」

「ほらよ。バスタオルはここに置いとくからな」

「ありがとう」

渡されたタオルを抱え、黒田は関口をじっと見た。

「なんだ？」

「……のぞかない？」

関口は眉を上げた。

「のぞいてほしいのか？」

「のぞいてほしくない！」

「なんだ、わざわざ言うから、期待してるのかと」

「もう、わかったよ！　のぞかないなら、出てって！」

「はいはい、ごゆっくりどーぞ」

関口は笑いながら脱衣所を出た。

客が風呂を使っている間、水割りをつくって、スモークチーズなどをつまみながら雑誌をめくる。

黒田は、三十分ほどで出てきた。湯あがりはまだ暑いだろうに、きちんと服を着ている。首をななめにして、タオルで洗い髪を押さえる姿が色っぽい。

「お先にいただきました」

「狭くて悪かったな」

「そんなことないよ。気持ちよかった」

関口はにやにやした。

「バスタオルを腰に巻いただけで出てくるかと思ったのに」

「残念でした」

黒田はふふんと笑った。

「それより、ドライヤーあるかな」

「ああ、ちょっと待ってろ」

関口は洗面所からそれを持ってくると、居間でコンセントをさしこみ、自分はソファに座って、黒田にはその前に座らせた。

「乾かしてやるよ」

「え、いいよ、自分で――」

「いいから。おまえの髪さわってみたかったんだ」

「あんまり奉仕されるといたたまれないんだけど」

「いいから、座れって」

手を引っ張って座らせると、バスタオルを肩にはおらせ、ドライヤーのスイッチをいれる。ブオンと温風が吹きつけ、ぬれた髪を揺らした。

「熱かったら言えよ」

「うん」

関口は、器用な手つきでまっすぐな黒髪に指を通し、温風を当て、水気を飛ばしていった。

「熱くないか」

「ん、大丈夫」

ターボ搭載とやらのドライヤーは、けっこう大きな音がする。そのせいか、どちらも言葉少なに、ゆるやかな時間が流れてゆく。

「きれいな髪だな」

ほめるという意識もなく言うと、聞き取れなかったのか、黒田が首をゆるやかに動かした。

「……え？」

「きれいな髪だって言ったんだ」

次第にさらさらの手触りを取り戻してゆく黒田の髪は、今どき珍しいくらいの漆黒で、まっすぐで、つややかだ。

地肌をもむような手つきに、黒田は顔をややあおのける。

「姉たちにも、うらやましがられた。……日舞やってたって言ったろ。おさらい会で衣装を着けると、日本人形みたいだって」

「見てみたかったな。写真はないのか」

「ああ…実家にまだあるかな……」

黒田の話すトーンは、次第にゆっくりになってゆく。

「……剛？」

それきりぱたりと静かになったのを訝り、のぞきこんでみると、黒田は目を閉じていた。関口の手の動きに従って緩慢に首が傾く。眠ってしまったようだ。

「油断しちゃってまあ」

しっとり汗ばむ額にてのひらを当て、顔に直接温風がかからないようにしてやりながら、苦笑する。

警戒しているかと思えば、ふいに無防備な姿を見せる。そういうギャップだとてかわいいのだが、この立派な体格にコンプレックスを抱く恋人は、己れがかわいいなどと、そんなはずがないと固く思いこんでいるのだ。

「どれだけ言えば信じるのかね」

毎日毎日、飽きるほどくりかえすしかないのだろうか。「かわいい」は「いとしい」の同義語だとでも言えば通じるだろうか。それが一番近い。

いつしか、美しい髪は、どこもかしこもさらさらになっていた。関口はドライヤーのスイッチを切った。

そうっと、眠る体を自分のふところにもたれかからせる。いつも姿勢のいいこのハンサムが、唯一気を抜ける、気を許せる場所になりたいと、関口が望むのはそれだ。誰の前でも見せない表情を、自分にだけ見せてくれたら、こんなに嬉しいことはないのに。

「愛はおまえさんがあれこれ考えてるよりずっとシンプルだって、どうやってわからせたもんかね」

しかし、そんなことを思うのも楽しく、関口は恋人の髪に指を通した。


「んん……」

黒田が小さく唸った。無意識にだろう、姿勢を変えようとして身じろぎ、なしえずにまたもぞもぞと動いた。

その首を支えながら、剛は呼びかけた。

「剛、寝るならベッドへ行け。泊まってってっていいから」

「んー……」

「おい、聞こえてるか？」

「ん……？」

ようやく黒田は目をあけた。とろりと、まだ半分眠っている顔だ。

「風呂はいってくるから、ベッドに行ってろ。パジャマかしてやるから」

「ん…だいじょうぶ……もちょっとしたら帰るから……」

「そうか？」

関口はソファを立ち、寝るなら寝室へ行って寝ろよ、と念を押して、風呂を使いにいった。

一日の汗を流してさっぱりすると、黒田はソファにもたれ、長身をまるめるようにして眠りこんでいた。エアコンをつけっぱなしにしていたのが、少し寒そうに見える。

「おい、剛」

「ん……」

「風邪ひくぞ」

「ひかないよ…もう夏だし…」

「ばかはひくんだってよ？」

「ばかじゃないってば……」

「わかったわかった。いいから、ちょっと起きろ」

ふにゃふにゃしている体を引き起こしてやると、黒田は薄目をあけ、まぶしそうにしばたたいて、てのひらで目元を覆った。

「……眠い」

「泊まってけ」

「ん……悪いよ」

「こんな状態のおまえを独りで帰すほうが心配だ。ほら、立って」

抱えるようにして寝室に連れこみ、ベッドに座らせると、タンスからリラックスウェアを出してやる。

「お姫さま、お召し替えをお手伝いいたしましょうか？」

そうからかうと、

「自分でできるよ」

ねぼけまなこで睨んできた。

が、着替えた途端に目が覚めて、我に返ったらしい。

「あ…と、やっぱり帰る」

関口はあきれた。

「着替えといて何言ってんだ」

「ねぼけてた」

「知ってるよ。そのまま寝ちまえ」

「……でも」

しりごみする黒田に、その理由に思い当たって、関口は言い聞かせた。

「無理やりしたいわけじゃない、今日は疲れてるとか体調がよくないとかめんどくさいとか、いろいろ理由はあるだろう。それは尊重する。おれだってしたい盛りのガキじゃねえし」

それでもなおもしりごみするのは、何をそんなにこわがっているのだか。

「何もしないって。一緒に寝るだけだ」

「龍は…、し、しなくていいの」

恋人のその問いに、なるほど、こいつはおれに気を使ってもいるのかとわかる。自分がしたがらないことで、関口を苦しめているのではないかと、そう考えているのだ。

関口は、まっすぐ目を見て答えた。

「しなくていい」

黒田は、少しほっとしたような、それはそれですまないような、微妙な顔つきになった。

まったく、手のかかる。関口は懇切丁寧に説明した。

「おれはな、おまえを抱くとなったら何度でも抱きたいし、あわよくばおまえから甘くねだってほしいと思ってるし、そのうちにはおまえに上になって腰振ってほしいと思ってるし、おまえにはせいぜいよがって乱れてほしいと思ってるんだ。やらせてやんなきゃ悪いって自己犠牲の精神に燃えてるだけのおまえを、ちゃっかりいただくようなまねはしねえよ」

黒田は呆然《ぼうぜん》とした。

「……なんだか今、すごく恥ずかしいこと言われたような気がするんだけど」

「あとで思い返してのたうちまわれ。そら、さっさと来い。寝不足はおハダに悪いんだろ」

「う……、うん」

セミダブルのベッドに、我が物顔にその長身を横たえた関口のかたわらに、黒田はそろそろと身をすべりこませてきた。

髪を撫でてやると、ちょっと緊張したようだったが、やがて力を抜いた。

恋人に、どうしてここまで警戒されなくてはならないのか、などと嘆くようなら、このめんどくさいヴァージンの恋人などつとまらない。長期戦は覚悟の上だ。眠り姫は百年眠り続けるもの、そしてその眠りを覚ます男は、城を幾重にも取り囲むイバラを切りひらいて進むものだ。

頬にふれ、髪にふれ、やさしいボディタッチをくりかえしていると、警戒心の強い恋人の輪郭が、次第にやわらいでくるような感覚がある。このまま眠ってしまってもいいし、気分が盛り上がってきたら、手でさわりあってもいい。

そんなベッドの中で、関口の腕の中で、黒田は夢うつつに呟いた。

「どうして…セックスしたいと思うんだろう……男同士は何も生産しないのに……」

関口は、恋人の髪を撫でていた手をとめた。

「そうだなあ……」

それは性的欲求で、生理的欲求なのだ、などと答えるつもりはない。単に発散したいだけなら、自分の手でだって事足りるはずだ。

「人間がこの世に生を受けたときは、母親のおなかの中にいただろう。それが母親だということも知らず、羊水にうかんで、そのあたたかい海にまどろみながら、自分以外の誰かの心音を聞いてたわけだ。それが突然、その世界一安心できる場所から切り離されて、ひとりぼっちになって、寂しくなって、誰かの体温を探すんだ――もう一度、自分とひとつになってくれる相手を」

そうして、自分と相手をわける境目もとけあうほどに抱き合ったら、ようやく、この世界に居場所ができたと安心できるのだ。そこは自分の生まれたところ、そして還《かえ》るところだ。

するど、しばらく黙りこんでいた黒田が——眠ったのかと思ったら、そうではなかったらしい——頼りない声で訊ねた。

「相手を、まちがえたってことは…ないの……？」

まったく、うたぐりぶかい。関口は訊ね返した。

「おまえは、まちがえたって思うのか？」

「……ううん……」

どこかほっとゆるんだ声音で、黒田は打ち消した。

「……ロマンチストだね、龍」

「恋してるんだから当然だ」

おまえに、と額にキスすると、黒田はうっとりと目を閉じた。

「大好き、龍……」

体温が、いっそう近くなった。意識的にか無意識にか、ぴたりと寄りついてきた黒田は、関口がその顔をのぞきこんだときには、もう眠りの海へと漂い始めていた。

「まったく……」

関口は短く息をついた。無自覚に色気を垂れ流す恋人に、ためいきと苦笑しか出てこない。

「おれは、おまえが想像してる以上に、おまえが好きなんだぜ？」

恋人はおいそれと信じないのだろうが、それは、関口の中では、覆しようのない事実なのだった。

◇◇◇

翌朝、いやに幸せな夢を見たという思いで目覚めた黒田は、そこが男の腕の中であることに気付いて驚いた。

「おはよう、ダーリン」

おまけに、ぎゅっと抱きしめられてキスされて、多幸感はいやました——のだが。

「あ、……あつい」

ついそんなことを口走ってしまい、盛大に顔をしかめられた。

「こら待て、それが風呂と寝床を提供した恋人にする挨拶か」

ヘッドロックをかけられ、こめかみをこぶしでぐりぐりされて、朝からじたばたと暴れる。

「痛い痛い痛い、ごめんなさい失言でした！」

「まいったか」

「まいりました……」

関口はふんと鼻を鳴らし——口はへの字だが目元が笑っていた——ベッドをおりた。

黒田はこめかみをさすりながら嘆息した。

あつくるしいから離れろと言ったわけではなくて、ただ、誰かがそばにいることに驚いて、それが関口だったことに驚いて、その腕が熱かったことに驚いて、さらには、それがちっともいやでなかったことに驚いたのだ。熱いのも暑いのも、恋人の腕がもたらすものなら、決してうっとうしいわけではないのだけれど、いかんせんそう伝えるには恋愛スキルの低い己れを、黒田は恨めしく思った。


「風呂が直るまで、着替え持参で通えよ」

関口にそう言われ、黒田は従うことにした。出勤のときに家から着替えを持ってきて、仕事が終わると、そのまま関口の家へ行く。そこで一晩すごすこともあるし、すごさないこともあるが、自宅に帰って、また着替えを持って店に来る。

「通い婚てこんな感じかしらね」

「おれと結婚する勇気は出たのか？」

「……………不用意な発言をお詫びして訂正します」

ボイラーの交換は、来週早々になるそうだ。黒田は、それまでのこの通い婚気分に、いやに浮かれている自分がいるのに気付いた。

店で仕込みを手伝っていると、関口に声をかけられた。

「剛、口あけろ」

「ん」

また味見かと思って素直に言われた通りにすると、男前の顔が近付いてきて、無防備な唇にキスしていった。

「ちょっと……」

黒田はどぎまぎした。

「ごちそうさん。それからこれだ。今度こそ口あけろ」

「……」

「今度はほんと」

ほら、と菜箸でつまんだアジのフライを見せられて、警戒しつつも口をあける。

舌の上に乗せられたのは、二日前からマリネ液に漬けこんであったエスカベーシュだ。ちょっとすっぱめのそれは、とてもおいしい。

「私、これ好きよ」

それをつくった男も好き、とは、心の中でだけ言う。

「そうか」

目の前で笑う男には、見透かされているかもしれないけれど。

週末のその晩、いつも通りカウンターでシェイカーを振っていると、新しく客が入ってきた。

「いらっしゃいませ――」

声をかけながら黒田は、店に入るなり先客たちからそそがれた視線にひるみ、おずおずといった様子で店内を見回すその青年が、初見の客だとわかった。ほっそりした体つき、ちょっと中性的な顔立ち。不安そうな色が、くりっとしてかわいい目元に隠しきれずににじんでいるのは、こういう店に来るのも初めてなのか。だとしたら、こわがらせないように、親切にしてやらなくては――自身の性的嗜好《しこう》を自覚した直後というのは、困惑と自責と、自己嫌悪でいっぱいになっている。

別の客の飲み物を運びがてら、そっと近付いて営業用スマイルをうかべる。

「どうぞ、お好きな席におかけください。あいているテーブルでも、相席でも」

青年は途端にほっと表情をやわらげた。

「あ……じゃあ、あの、カウンターでも……？」

黒田はにこりとした。

「ええ、もちろん。どうぞ」

青年はカウンターの前までくると、どのスツールにしようか選ぶようにちょっと立ち止まり、やがて、右端のそれに小さな尻を乗せた。

黒田はメニューを渡した。

「お飲み物は何になさいます？　それとも何か召し上がりますか」

青年はそれを受け取り、だが、ひらきもせずに言った。

「ええと……ウィスキー・バックと、カチャトーラ…ってあります…？」

「ええ、ご好評いただいてますよ」

「じゃあ、それを……」

「かしこまりました」

微笑で応じながら、さて、この新しい客は、メニューも見ずによくわかったものだと、内心で首をひねった。誰かにこの店の噂《うわさ》を聞いてきたのだろうか。それとも、以前にも来たことがあったか？

言われてみれば、どことなく見覚えがあるような、ないような。

ともあれ、カチャトーラは関口の自慢の一品だ。黒田は窓口から厨房にオーダーを通し、自分は飲み物の仕度にかかった。

そのときだ。

カウンターの青年が、小さく声をあげた。くりっとした目がみひらかれ、どこかすがるような色をうかべていた。視線の先をたどると、そこには——窓の向こうで、これも驚いたように目をみはった、この店の料理人、黒田の最愛の恋人でもある、関口がいた。

思い出した、この青年に見覚えがあるのは、以前、関口と連れ立っているところを見かけたのだ。

そうと気付いてカウンターに顔を戻すと、青年の両目からは、涙がぽろぽろこぼれていた。

「え……」

事情がわからずまごついていると、新来の客にさっそく声をかけようとグラス片手に近付いてきた常連客が、ただならぬ空気にちょっとひるんだ。

「だめだよマスター、かわいい子泣かせたら」

そんなことを言うので、黒田は慌てて手を振った。

「いやねえ、ちがうわよ」

男はうかつに声などかけられないと感じたか、結局、青年とはスツール二つあけて座った。

「……何があったの？」

こそりとそう訊ねられたところで、事情を知りたいのはこちらも一緒だ。

「さあ……」

唯一、わけを知っていそうな相手は、厨房にいるはずだが――。

黒田は窓口をそれとなく窺った。関口は、すでに、視界に入る場所にはいない。

ひとまずウィスキー・バックをつくり、青年の前に差し出すと、彼は黒田を見て、慌てたように目元をこすった。

「すみません、急に、泣いたりして」

「いいえ」

そう答えながらも、心中穏やかでない。何があったのだろうか、どんな事情があるのだろうか。別れた恋人の勤める店に来て、別れた恋人の顔を見て、思わず泣いてしまうような、どんなわけが？

偶然この店に入ったのだろうか。それとも、知ってて入ってきたのか。――関口に会うために？

二股《ふたまた》、とその単語が突然、脳裏にひらめいた。

まさか、と黒田は慌てて打ち消した。あの男に限って、そんなことはない。もしかしたらするのかもしれないが、だとしても、相手が鉢合わせするようなヘマをするとは思えない。もてて、恋人が途切れなくて、でも別れるときはきれいに別れて、あと――恨みや未練といったもの、自分のも相手のもだ――をひきずらない、それが関口だ。

この青年が、勝手にしたことだろうか。黒田に見せつけるために？

そんなことをしそうにもないが、もしかしたら。まさか。でも。

一人でぐるぐる考えてしまうと、そこから抜け出せなくなる。黒田は、常連客と目を見交わしながら、青年の様子を窺った。

齢は二十代半ばというところだろうか。背はそれほど高くないが、すらりとしてバランスがよかった。肩も腰もほっそりしていて、今のように頼りなげな表情をしていたら、守ってやりたいと庇護《ひご》欲をかきたてられる男たちも多いだろう。黒田だとて親切にしてやろうと思ったくらいだし、現に、声をかけようとした男もいるではないか。どこもかしこも、男っぽいにおいがない。

自分とはちがう。黒田は、その事実に胸の痛みを覚えた。

この青年は、いかにも関口のような男に愛されるにふさわしいと思えた。自分とちがって、その肩幅は、関口の腕にすっぽりおさまりそうだ。自分みたいに男らしくない顔立ちは、関口のような大人の男にかわいがられてほほえむのが似つかわしい。自分とちがって体重も軽そうで、それはつまり、姫抱っこするにもたやすいということだ。

リン、と呼び鈴が鳴った。反射的に顔を上げた青年の視界をさえぎるように、黒田は窓の前に立った。

湯気を立てる皿は、カチャトーラだ。青年の注文である。

関口は皿とともに二つ折りにした紙切れを差し出し、目配《めくば》せした。カウンターの青年に渡せという意味だ。

黒田はうなずき、料理とメモを橋渡しした。

「どうぞ――料理人の心づくしです」

「あ…ありがとうございます」

青年はメモに気付き、それをひらいた。何が書いてあったのか、彼にとって望ましいことだったのだろうか、ほっとしたように表情をゆるめて、紙片をポケットにしまった。

カチャトーラに手をつけたのは、落ち着いてきたのだろう。ひとくちひとくち、噛《か》みしめながら食べている。きっと彼は、プライベートでも関口のこのカチャトーラを食べていたのだ。店でも出している、けっこう評判がいい、などという話を聞いたのかもしれない。だからメニューを見なくても知っていたのだ。

自分の知らないあの男を知っている、と、黒田はそれが急に気になり始めた。

青年は、注文したものをゆっくりと味わい、黒田の勧めに応じてもう一杯ショートカクテルを飲むと、勘定をすませて出ていった。

黒田は何かもやもやとしたものが胸でくすぶっているのを感じたが、どうすることもできず、テーブル客から呼ばれたのをしおに、頭を切り替えることにした。

切り替えようと意識するほどには、うまく切り替わらなかったのは、どうしようもなかった。

最後の客を送り出し、手早く後片付けをすませると、黒田は厨房をのぞいた。

「お疲れさま」

「ああ、お疲れさん」

そう応じる関口の様子はいつもと変わりなく、気を揉《も》む必要などなかったのだと思った。黒田はほっとした。

それでも誘ってしまったのは、自分の中にある不安を、完全に払拭したかったのだろう。

「ねえ、今日これからちょっと食べにいかない？」

その誘いに応《こた》えてくれたら、何も心配はない。関口はあの青年とは何でもなく、もしかしたら、かつてつきあっていたというのも、べつに紹介されたわけではなし、自分の勘違いだったのかも——。

しかし、その期待は打ち砕かれた。

「ああ、悪い。今日は先約が入った」

と関口は言った。

黒田は、きゅっと心臓が縮み上がるような思いがした。

「……先約？」

「ああ。ちょっと人と会うんだ」

「……さっきのお客さん？」

そう口に出すのは、勇気のいることだった。黒田は手が冷たくなるのを感じた。

「剛？」

関口は、気付いただろうか。まっすぐ見つめてくる視線を避けるように、作業台にもたれかかる。

「前に見たことがあるよ。つきあってた子でしょう？」

それに対する男の答えははっきりしていた。

「今は友達だ」

「友達……」

「何やら相談があるらしい。聞くだけ聞いてくる」

「……そう」

「剛」

首のうしろに手を添えられ、のぞきこまれた。

「おれを信じられるか？」

黒田は動揺を押し隠した。

「……なに、言って」

「あいつとは友達で、相談を持ちかけられたら乗ってやるってだけだ。今さら焼けぼっくいに火がつくなんてこたない。……信じられるか？」

「……信じてるよ」

「いい子だ」

「なに、子供扱いして」

黒田は笑ってみせた。

「子供にこんなことしやしねえよ」

関口はうそぶいて、唇をついばんだ。かるいキスのつもりだったが、それは思いがけず長引いた。

離れたとき、黒田は甘い息をついた。

額をこつんと合わせて、関口が言った。

「悪いな。食事はまた今度行こう」

黒田は微笑した。

「楽しみにしてる」

「風呂は使ってくれていいから。鍵《かぎ》渡しとく」

「うん。遠慮なくそうさせてもらうよ」

店で関口と別れて帰宅する道すがら、黒田は、ちゃんと笑えただろうかと自問した。関口を信じているから何も心配していない、と装うことが、できていただろうか？

関口はいい男だ。友人も多いし、つきあった恋人も多かっただろうが、別れても良好な関係を保っているのは、色恋を離れても、人間的に魅力があるからだろう。……そう、何か悩みができたとき、思わずその勤め先にまで行ってしまうほど。

そんな男が自分の恋人だ、と優越感にひたることはできなかった。そんな男に、自分は本当にふさわしいだろうか、そんな男が、自分を本当に愛してくれているのだろうか、という不安のほうが先に立つ。

やけぼっくいに火はつかない、と関口は言った。もちろん信じている。

だが、だからといって平気なのとは、またべつだ。

関口のことは信じている。でも、相手のほうが、よりを戻したがるということはないのだろうか。

黒田は、店で見た青年の様子を思い返した。ほっそりして、若くて、やさしい顔立ちの、きれいな子だった。関口を見て泣いたのだ。きれいな涙だった——あの涙の意味は、何だったのか。

心弱くなっているときに、なつかしい、信頼できる相手を見て、感極まった？　そのまま、熾《お》き火に風を送られるように、恋心が再燃しないという保証はあるか？

黒田は力なく首を振った。

「ここで考えたって始まらないよ。おれは龍でも、あの子でもないんだし」

本当のことは、当人にしかわからない。——今の想像が、まったくの想像でしかない、という保証も、黒田にはできないのだった。


「剛、すまない。別れてくれ」

どうして？

「やっぱりあいつとつきあうことになったんだ」

どうして？　信じろって言ったのに？

「おまえはまだおれに対しても警戒がとけないみたいだし、勝手のわかってるあいつのほうが、気が楽なんだ」

——どうして？　やけぼっくいに火はつかないって言ったくせに。

「まあ、放火されることもあるからなあ。……おれには、おまえは重いんだ。剛」

そんなのってない、今までずっと愛をささやいてくれたのに、今になって急にそんなこと言うなんて。

どうして？　重いのが面倒《めんどう》だっていうなら直すから。警戒するのが悪いっていうなら、警戒しないようにするから。いまだに少し緊張しちゃうのも、慣れるようにするから。

だから、そんなこと言わないで、別れるなんて言わないで。

好きなんだ。龍が好きで好きでたまらないんだ。だから——。

そこで、目が覚めた。


「最悪だ……」

黒田は目元のしずくをぬぐった。しらじらとした朝の光の射しこむ関口の寝室には、自分の影だけがぽつんと落ちている。枕元の時計は六時になるところで、関口は帰ってこなかったのだ。——あの青年、元恋人のきれいな子と、一緒だったのか。

なんて夢を見たのだろう、と憂鬱になる。いやに現実味のある声だった。

「そういうときに限っておれをほっとくって、いったいどういうこと……！」

黒田は枕に八つ当たりした。

おれにはおまえは重い、とは、わかっている、黒田自身の意識の投影だ。関口がそう感じているわけではなく――そうと信じたい――黒田のほうでそう思っているのだ。重いのではないか、と。負担になっているのではないか、と。

「そんなことないって、言ってよ、龍」

ぼすぼすと枕をたたくが、もちろん、そこから返事があるわけではない。

またぽろりと涙がこぼれた。

「……うちに帰ろう」

黒田はベッドをおりた。もしかしたら関口が帰ってくるかもしれないし、そうしたらこんな顔を見せたくないし、昨夜はどこですごしたのかを聞くのもこわい。

幸い、今日は日曜、定休日だ。明日まで関口と顔を合わせずにすむ。風呂は、しかたない、銭湯を探すか、最後の手段では、実家でもらい湯するという選択肢もある。月曜の昼には業者が来て、ボイラーを交換してくれるはずだ。

もそもそと着替え、洗顔をすませると、荷物をまとめる。書き置きを残そうかとちらと思ったが、何を書こうと思い悩んだあげく、やめた。

他愛ない話をし、抱き合って眠るだけで、この上なく満ち足りた気分になったのはつい昨日のことだったのに、ほんの一晩でその記憶は遠くなってしまった。

黒田は、悄然《しょうぜん》と関口の部屋をあとにした。

せっかくの日曜日を悶々《もんもん》とすごし、月曜の昼にはボイラーの交換が終わった。もう少し長引いてくれれば、それを口実に店に行く時間を遅らせられるのに、それもできない。黒田は憂鬱な気分で仕事に出た。

関口は、一足先に来ていた。厨房で仕込みをする様子に、変わったところはない。土曜の夜はどこにいたのか、あの青年の相談は何だったのかと、喉《のど》のあたりにわだかまるその疑問を、黒田は懸命に飲み下した。どんな答えを聞いても、平静でいられそうになかった。これから仕事なのだ。変に引きずりたくない。

店の掃除は、いつもなら二十分ほどで終わるが、今日は特別念入りにしたおかげで、倍近くかかった。それでも開店まではだいぶあり、仕込みの手伝いをしないのは不自然だろう。

努めていつもどおりにふるまい、厨房に顔を出す。

「手伝うわ」

「おう、ありがとうよ。……ずいぶん丁寧に掃除してたな」

黒田は動揺を押し隠した。

「あ…うん。客用トイレが思ってたより汚れてたの。毎日見てるとかえって気付かないものね」

「ああ、そういうことあるな。それであるとき気がつくと、きれいにせずにはいられなくなる」

「おっしゃるとーり。注意しないと。……これやっておけばいいの？」

「おう、頼む」

黒田は作業台に向かった。

「土曜日は、悪かったな」

と関口が言ったのは、よく研がれたナイフを手に、ジャガイモの皮をむき始めたときだ。危うく手をすべらせるところだった。

「あ、……ううん」

落ち着け、と自分に言い聞かせる。いつもどおり、いつもどおり。

「冷蔵庫に鍋が入ってるの、あっためて食えって言ってあったろ。手をつけなかったんだな」

そうだ、関口が夜食にと用意していた、大根と手羽先の煮物。ほろっと骨からはずれる手羽先がおいしいのに、食べる元気がなくて、冷蔵庫をあけもしなかった。

「あ……そうね、お風呂使わせてもらって、すぐ帰ったから」

黒田は顔を上げずに答えた。皮むきのほうに集中していれば、ぼろを出さずにすむ。

「剛――」

関口が何か言いかけたとき、表で呼ぶ声がした。

「ちょっと行ってくる」

黒田はこれ幸いと厨房を出た。

「ちわっす。リカーショップ・トミノです！」

グリーンのエプロンをかけた若い男が、キャップをとって挨拶した。注文していた酒が届いたのだ。

「いつもご苦労さま」

納品書と現物を突き合わせ、受け取りのサインをする。店員が帰ってゆくと、黒田は厨房に声をかけた。

「ごめんなさい、ちょっとこっちの整理するわ」

関口からは、ああ、と短い返答があった。

ワインやウィスキーのおさめられたケースをカウンターに運びながら、黒田はほっとしていた。いつもどおりにしようとするのも難しい、やはりなるべく顔を合わせないのが得策だ。

それはあるていど成功した。

店があけばいつもどおり客は入ってきたし、何かと話しかけられたり、愚痴を聞いたり、いつもどおりにすごすことができる。

九時には、ヒラヒラコンビもやって来た。いつもどおり、と呪文《じゅもん》のようにくりかえす黒田の心を読んだように、彼らこそいつもどおりカウンター席の定位置に腰かけた。

しかし、変わった様子もある。黒田は話しかけた。

「平井さんのスーツ姿なんて珍しいじゃない？」

いつもカジュアルなスタイルの男が、今夜はダークグレーのスーツを着ているのだ。ブランド品というのではないが、仕立てはいい。

平井はてれくさそうに前髪をかきまぜた。

「仕事帰りでね」

黒田は日ごろの疑問を口に出してみた。

「ねえ、そういえば、お仕事って平沢ちゃんとしてるのよね？　何してるの？」

「翼の事務所の助手……って扱いかな」

「何の事務所？」

「まあいろいろかな。今日はボディガードの真似事《まねごと》だったし、一応、探偵事務所ってことになってるんだけど」

「探偵事務所！」

「浮気調査もいたしますよー」

平井はいたずらっ子のような顔で笑った。

「浮気調査……」

「なに、マスター、予定でもあるの？」

興味津々で乗り出してこられて、こほんと咳払いする。

「いやねえ、あるわけないでしょ」

そう言いながらも、調査費ってどのくらいするものかしら、などと訊ねてしまうあたり、何かあると白状してしまったようなものだ。

平沢はにっこりした。

「特別価格にしておきますよ」

黒田はおどけた。

「やだ、こわい。特別高く請求されそうね」

笑いながら、そのとき冗談にしていた話を、冗談ですませられない男がいるのに、このときはまだ気付いていなかった。


「浮気調査なんて人を雇わないで、本人に直接訊いたらどうだ」

むっつりと不機嫌そうな顔は、もちろん、店の料理人だ。店を閉め、後片付けをしているときだった。

「……なに――」

「土曜の夜、おまえ、泊まったんだろ」

「………」

「どうして朝帰りしたんだって、訊きゃいいじゃねえか。どこに泊まったんだって。訊かれりゃ何でも答えるぞ」

関口は怒っているようだった。こわい眼をして、すてきなバリトンも、いつもより語調が強い。

黒田は平静を装った。

「……べつに、気にしてないもの。龍にだってつきあいはあるだろうし、女の子じゃないんだから、無断外泊したって心配しないし。それに、土曜はほんとに、すぐ帰って――」

「嘘だな」

「……どうしてわかるのよ」

帰ってこなかったくせに、という文句は飲みこむ。

関口は、あたかも、太陽がひとつしかないことを説明するかのように、確信的に言った。

「枕がぼこぼこになってた」

黒田はしまったと思った。確かに、朝八つ当たりして、そのままだ。

関口は口調をやわらげた。

「泊まったんだろ」

「……」

「おまえは、おれの匂《にお》いのするベッドで、寂しい思いをしながら寝たはずだ」

「やらしい言い方しないで……！」

言うにことかいて、なんて恥ずかしい言い回しをするのか、この男は！

「訊けよ」

と関口は言う。

「どこに泊まったんだって。なんで帰ってこなかったんだって。おれをほったらかしにした弁明はって。それともおまえは、おれがどこで何をしようと、興味がないのか？」

「興味がないわけないでしょ……！」

黒田は手にしていた灰皿——未使用だったのが幸いだ——を投げつけた。それを関口が難なく受けとめたのがしゃくにさわるが、怪我《けが》でもさせてしまったら死ぬほど後悔するだろうこともわかっていて、複雑だ。

「剛」

「興味なんてありありよ！　彼とどこに行ったのか、どんな相談事だったのか、何を話したのか、そのとき何を食べてたのかまで気になるわよ！　彼がメニューも見ずにカチャトーラを注文したのだって気になるわよ！　私の知らない龍を知ってると思ったら、酒に唐辛子混ぜてやろうと思うくらいくやしいわよ！」

関口は目をまるくした。

「まさかおまえ――」

「できてたらこんなにやきもきしない……っ」

「まあ、そうだな。それができたら黒田剛じゃない」

黒田は泣きそうになった。けれど、ここで泣いたらみっともないとも思う。

長く息を吐いて涙をやりすごそうとしていると、つむじのあたりに声が降ってきた。

「つきあってるやつにトラブルがあったみたいで、その相談を受けてただけだ」

黒田はそろそろと視線をあげた。そこには関口の真面目《まじめ》な顔がある。

「借金がらみのトラブルで、くわしくはそいつの名誉のために言わないが、それで友人知人を動員して、解決できるよう奔走してた。ちなみにその相談を受けてたのは小船町《こぶねちょう》の《ベルタ》ってにぎやかなバーで、今度連れてってやる。注文したのはカルパッチョ、牛肉のやつな、それとエビのドリア、ハーフボトルの白ワインだ」

ほんとに、と確かめる言葉は、喉に飲みこんだ。どんなふうに保証されても、本当に知りたいことはそれではない。

「あと訊きたいことは？」

「……」

促されても、答えられずに、黒田はうつむいてしまった。

関口はなだめるように言う。

「そこで黙りこむな。気になることがあるなら訊いてくれ。興味も持たれないほうが寂しいぞ」

黒田はぽそぽそと答えた。

「……龍はきっと、うっとうしいって思う」

「思わないよ」

「思うよ」

「どうしておまえは勝手に決めつけるんだ。おれの気持ちはおれに訊かなきゃわからないはずだろうが。それとも何か、おまえはおれが、おまえはこんなに魅力的だし、やさしいし、人の痛みに敏感だし、顔だけでなくボディも声もよくて、肌もきれいで、きっとおれの他にもいい男がいるに決まってるって思っててもいいってのか」

「そんなのいない……！」

「だったらおれだって同じだ。今はおまえだけだ、剛」

関口のまなざしはまっすぐで、真摯《しんし》で、いつもの甘さも影をひそめていた。今このときだけは黒田を甘やかすのではなく、剣をとって立会っているかのようだ。目をそらしたら負ける――しかし、黒田は、その眼を見続けることができなかった。

「……だって、私と彼とじゃ全然ちがうんだもの。どこも重なるところがない。私、あんなに華奢《きゃしゃ》じゃないし……」

関口が一歩近付いた。

「テンプレートを好きになるわけじゃない。あいつはたまたまああいう体型だった、おまえはたまたまそういう体型だった、それだけだ。そう言ったよな？」

「……こんな肩幅でも？」

「おまえはどんだけコンプレックス持ってるんだ」

関口はあきれた声を聞かせる。

「どんなボディでも、おれはおまえが好きだよ。何度そう言っても信じられないのか？」

そのすてきなバリトンに、次第にいらだちの響きの増すのが感じられて、黒田は慌てて答えた。

「信じてるわよ、信じてるけど……ううん、やっぱり、根っこのほうでは信じ切れないのかもしれない」

うつむいた視界の端に、関口のつま先が入った。

「それはおまえが、おまえを信じてないんだ」

「私を……？」

顔を上げた瞬間、首に腕がまわされた。そのまま関口の胸に顔をうめこむように力をこめられ、息が苦しくなる。

黒田はもがいた。

「龍、……」

「おまえが好きだよ、剛」

その言葉は力強く、ゆるぎなく、断乎《だんこ》としていた。黒田はおずおずとその背に両手を添えた。

「……どうして、そんなふうに言えるの？　不安じゃないの？」

「おれは、たとえ相手がおれを好きでなくとも、おれが相手を好きなことだけは確実なんだから、それを表明するだけだ」

黒田はためいきをついた。

「……私は、自信がないのよ。まったく相手にされなかったらどうしようって、そればっかり考える」

関口はかすかに笑った。

「じゃあなおさらだ。おまえを好きだって宣言してるやつの前では、惜しまず言えよ」

「………」

黒田は息を吸い、また長く吐いた。

おれはおまえが好きだ、と、耳元に甘いささやきを吹きこまれる。そこから蜜《みつ》が——毒かもしれない——しみこんで、体の内側からとかしそうだ。

「おまえは、剛？」

おまえは、剛――？

答えなどただひとつだ。黒田は顔をくしゃくしゃにした。

「……あんたが好きよう、ばか龍！」

こつんと額を合わされた。

「なんだ。おれたち両想いなんじゃねえか」

そう言う声は甘くて、笑みはやさしくて、黒田はそこで、本当に自分が愛されていると実感した。

「龍……好き」

そして、今までは己れの体格の立派さゆえに、我から進んで男に抱きつくこともできなかったのが、初めて、両の腕でしっかりと抱きついた。

もちろんそれは、より以上の力で抱き返されることで報いられ、ああ、こうすればいいのかと、ようやくわかったのだった。

◇　◇　◇

まったくもう、あれこれ考えすぎるやつはこれだから！　関口は腹を立てていた。

何を難しく考える必要があるのか、恋など、自分が相手を好きで、相手も自分を好きと言ってくれたら、すぐに成立するようなものだ。どのくらい好きかとか、もしかしたら自分のほうが想いすぎているのではないかとか、そんなことは、気持ちを量る天秤《てんびん》がない以上、思いわずらうなどばかげている。きっと自分のほうがずっと好きなはず、とそれを楽しく思ってもいいし、相手のほうがもっとずっと好きでいてくれるかも、と気持ちをはずませてもいい。何よりも、恋は自分の心をコンプレックスで押しつぶすためのものではないはずだ。

それなのにこの恋人、黒田剛という、男らしい名前さえコンプレックスの種にしてしまうハンサムは、自分は関口にふさわしくないのでは、と思い悩んでためらっている。

おまえがおれにふさわしいかどうかは、おまえの決めることじゃない、と断言してやりたかった。もちろん、関口の決めることでもない。そんなことは、誰に決めつけられる筋のものでもないのだ。頭で考えることではなく、心の求める方向にだけ進めばいい。そうして腕を広げ、胸をひらき、きつく抱き合ったら、互いの輪郭がとけだして、相手の皮膚に染み入るような心地がする。それが「想いが通じる」ということだ。

そして今、つきあって初めて黒田から抱きつかれ、そのままひとつになるようなその感触があった。それは黒田のほうも求めてくれたということだ。これが嬉しくないわけがあるか。

引きずるようにして連れこんだ自分の部屋で、しかも厳密には部屋にも上がらない玄関で、関口は恋人に、身も心も食い荒らすようなキスをした。

黒田はもがいた。

「ちょっ…待っ……」

「待たない」

「だから、……ん――」

壁に押しつけ、唇をむさぼりながら、相手のシャツのボタンに手をかける。

黒田は関口の胸に手をつっぱった。

「だ、だめ……ここ、玄関……っ」

「ああ、そうだった」

関口は黒田の手をつかみ、靴を脱いで部屋へ上がった。黒田は引きずられるようについてきた。

そのまま居間を素通りして寝室に直行といきたいところだが、ぐっとこらえてワンクッションおくことにする。ソファに座らせると、自分も隣に腰をおろし、ぎゅっと抱きしめた。

「え、あの、ちょっと、龍……」

「なんだ？」

まだ何か訴えることがあるらしい。関口は聞く姿勢をとった。

「龍のことは、好きだよ。ものすごく――好きだ」

意を決したという様子で黒田は告白する。

「嬉しいよ」

関口は、その首を引き寄せて、キスしようとした。

が、その口をてのひらでぺたりとふさがれて、ちょっと目をみはる。

黒田は、自分の頭と心にあるものを正確に伝えようと、一生懸命言葉を探しながら――その一生懸命さがいじらしい――言い募った。

「好き、なのは、まちがいないんだ。龍を助けるために自分が死ななきゃならなかったら喜んで死ぬし、龍が崖《がけ》から落ちたら、おれも一緒に飛び降りる。店の権利がほしいならあげる」

関口は鼻を鳴らした。そんな愛され方をしたいわけではない、黒田に、そんな愛し方をしてほしいわけではない。してほしいのは、一緒に助かるために死に物狂いになること、一緒に店を盛り立てるために、二人して懸命に働くことだ。

しかし、ついもれたその不満げなそぶりに、黒田は不安そうな目をした。

「龍……」

「ああちがう、足りないって言ったんじゃない。おれはおまえに死んでほしくないんだ――おれはおまえを搾取するような、そんな愛し方をしたくない」

「……龍」

「おまえが全身全霊でおれを好きだってのはわかってる。それでもセックスにしりごみしちまうのは、……つまり、こわいんだな?」

関口の前で服を脱ぎ、関口の前で自分をさらけだし、関口の手にすべてを暴かれることが。

黒田はどうしようもないように目を閉じ、こくこくとうなずき、そのままうつむいた。

関口は恋人を抱き寄せた。

「前にも言ったが、無理にしなくていいんだ。恋愛はセックスだけじゃないし、セックスは体をつなぐことだけじゃない。実際のところ、受け入れるがわは最初から気持ちよくなれるもんじゃないらしいし――ただおれは、恋人に全部預けることの気持ちよさも、おまえに知ってほしいとは思うけどな」

「龍」

黒田は視線を上げ、関口の顔を見つめて、やがておもてを伏せた。うなずいた、ようにも見える。

「龍と、一緒に……気持ちよく、なりたいよ」

「そうか」

関口は、黒田のシャツのボタンに手をかけた。

「……！」

黒田は、条件反射か、逃げた。

関口は苦笑した。

「困った子猫ちゃんだな」

「子猫…なんて、そんなにかわいくない」

「おまえはかわいいよ」

小さいもの、幼いものだけがかわいいわけではない。この立派な体格の恋人に感じるそれは、かわいげ、愛嬌《あいきょう》、いとしさだ。

緊張をほぐすように、慣らすように、額や頬やこめかみにくちづける。腕をさすり、鼻先をふれあわせ、大丈夫だと、こわくないと、皮膚からしみこませるように。

ふ、と黒田がやわらいだ息をついた。それをすくいとるようにキスすると、わずかにひらいた唇の隙間から舌を這《は》いこませ、黒田のちぢこまるそれを誘い出す。からめる。吸い上げる……。

「んあ……！」

突然、胸を押し返された。見れば、恋人は頬をほんのり紅くして、口元をぬぐっている。飲みこみきれなかったのがこぼれたらしい。

関口は、まだぬれている唇をターゲットに定め、再びキスを見舞った。

「龍…、んん……」

ぱたぱたと肩をたたかれ、今度は何だと顔を離すと、黒田はますます紅くなっていた。

「あの…ね、龍」

「やっぱりしたくないか？」

「あ、ちが、そうじゃなくて、……おれ、きっと汗くさいから、先にシャワー……」

最後のほうは蚊の鳴くような声だった。関口は眉を上げた。

「一緒に入るか？」

「いや、いやいやいや」

黒田はぶんぶんと首を振った。

「わかった、先に使え。髪は洗うなよ、今回は乾かす暇ないからな」

「う…っ、うん」

腰が抜けたようになっているのを助け起こしてやり、風呂場に送りこむ。タオルを出してやり、脱衣所のドアを閉め、居間まで戻ってくると、あたたかくて甘酸っぱいようなものが喉元までこみあげてきた。理性を総動員しないと、一人でばか笑いしてしまいそうだ。

「まったく、なんでああもかわいいかね」

顔がにやけてしかたない。こんな高校生のような気持ちは、ついぞ感じたことがなかったものだが、それをなさけなく感じるどころか、悪くないとすら思っているのだから、自分もたいがいどうかしている。

そうして関口は、おそらくは一生分の勇気を振り絞ったであろう恋人の気持ちに応えるために、台所の食器戸棚からマグカップを取り出した。


風呂場から聞こえていたシャワーの音がやんだと思ったら、やがて浴室の戸のひらく音がした。あれからおよそ三十分、よほど念入りに体を洗ったと見える。関口はころあいを見計らい、ミルクをそそいだカップをレンジにかけた。

コツコツと洗面所のドアをノックすると、ばたばたと慌てた気配があった。

「ちょっ、ちょっと、待って」

関口はゆっくりと声をかけた。

「ああ、せかしてるわけじゃない、あせって怪我なんかするなよ」

「……風呂場でどんな怪我？」

「わからんぞ、慌てふためいた挙句、ガラス戸をたたき割るとか」

「人を何だと……」

憮然とした声とともに、ドアがあいた。黒田はジーンズをはき、シャツもはおっていた。これから脱ぐのにわざわざ着るあたり、それがこの男の美意識と、行儀のよさだろう。

関口は言った。

「レンジにホットミルクができてるから飲んでろ、火傷するなよ。テーブルに、ビスケットと頭痛薬が置いてあるから、それ食ったら服んでおけ」

そうして脱衣所に踏み出すと、黒田は場所を譲りながらも、訝しげに眉を寄せる。

「なんで頭痛薬？」

「あらかじめ服んでおくとちがうみたいだからな」

「……何が？」

きょとんとしている顔つきは、本当にわかっていないのだろう。関口は苦笑して、シャツを脱ぐ手をとめ、恋人の腰をぽんとたたいた。

黒田はぱっと紅くなった。やっとわかったようだ、つまり、正しく痛み止めの効能を期待してのことだと。

「そういうわけだ」

「わ…、かった」

「いい子だ」

首を引き寄せ、こめかみにキスする。洗い立ての肌はまだ水気を含んで、しっとりとあたたかかった。

「十分で出る」

「……ん」

もう一度唇にキスすると、かるくついばみ返された。いい傾向だ。

シャツを脱ぎ、デニムのウエストボタンに手をかけたところで、黒田はそそくさと脱衣所を出ていった。

可及的すみやかに、それでいて、やはり逃げ出したくなった恋人に逃げる時間を与えるよう、体を洗う。その一方で、ゴムとジェルの在庫状況を思い返してはうなずいてしまうあたり、当然というべきか、逃がしたくはないのだ。

幸いにして、十分経《た》っても、玄関ドアのひらく音はしなかった。関口はシャワーをとめた。知らず、口元に笑みがうかんだ。

覚悟しろ、剛。


腰にバスタオルを巻いたなりで台所に行くと、黒田はちょうど使ったカップを洗い終わったところだったようだ。

「食ったか？」

「食べた」

「薬は？」

「服んだ」

「そうか」

それならもう言うべきことはないとばかり、恋人を抱き上げる。黒田はとっさに関口に重みを寄せてきたので、楽な作業だった。そのままずんずんと寝室へ進み、ベッドにおろす。

「龍…、――」

何か言おうとするのをキスでふさぎながら、シャツを脱がせる。前を大きくひらいて、喉元にもキスした。鎖骨にも。耳たぶにも。首筋にも。胸にも、胸のとがりにも。

「あ……龍……」

抱きつこうとしたのか、押し返そうとしたのか、黒田が腕をあげた、そこにシャツがからんで動きがさえぎられるのを、背中からむくようにして脱がせてやる。まっすぐな鎖骨をなぞり、首筋をなぞると、うつむいていた顎がわずかにあがった。その隙に唇をかすめとる。

「ん……」

音を立ててついばんでいると、おずおずとしたてのひらが、裸の肩に添わされた。

関口は恋人を抱きすくめ、その体を組み敷いた。

「あ…龍……」

むきだしの肌が重なる感触に、黒田は、関口の予想しなかったことに、ほっと安堵らしい息をもらした。

「暑いのに……夏なのに」

夢を見ているような口ぶりで呟く。

「あたたかいのが、気持ちいいなんて……」

「……剛」

愛《いと》しさと恋しさと、小さじ一杯分くらいのせつなさと、衝動と、もろもろがこみあげてきて、深いキスに没頭する。恋人の唇は甘く、舌は熱く、とけてひとつになってしまいそうだった。

関口は黒田の躰を丁寧に愛撫《あいぶ》した。そちこちをついばみ、舌先でふれる。手指でなぞり、てのひらを這わせ、そこかしこに自分の体温を憶えさせた。

「龍……」

そっとふれてくる肌が熱い。関口はその手をとって、指先と、てのひらとにキスした。そのまま唇で手首をたどり、ひじの内側をたどる。皮膚のうすいところをちろりと舌でなぞりながら、ひとつの衝動がこみあげてきて、訊ねた。

「あとつけたい」

「え……」

「いやか？」

黒田はちょっと眉を寄せた。

「見えるところには、だめ」

「わかった」

のびあがってまた唇にキスし、そのまま首を伝って、肩の稜線《りょうせん》のあたり、そこに位置を定めて、きつく吸いついた。

「ん…、つっ……」

抱きすくめた躰がもがくのを押さえこんで、長く吸う。皮膚を破り、肉を裂き、血をすすりあげるばかりに。

「い、たっ……龍……」

ぱたぱたとたたかれるが、そんなものではとまらない。

「…は……ん……」

黒田の喘《あえ》ぎがくぐもったと思ったら、肩に吸いつかれた。ただのキスではすまない、ちりっとした痛み。これはあとになったとわかる。

しかえしか、おそろいか。考え方でずいぶん変わるものだ。関口はおかしくなった。

ようやく口を離すと、そこは血のしたたるような、盛大な真紅のあざになっていた。

関口がその仕上がりを確かめるのと同様、黒田も関口の肩を見つめていた。そのできばえに満足したのかどうか、唇に笑みがうかんだ。

「剛……」

「んん……」

また飽かずキスをかわす。舌を含み、甘くからませ、あふれた唾液《だえき》をすすりながら、黒田が酸欠で苦しがるまで呼吸を自由にしてやらなかった。

「おれも、水泳、始めようかな……」

などと、黒田はうるんだ眼で見上げてくる。

「どうして？」

「肺活量、鍛えるために」

関口は笑った。

「実地で鍛えろよ」

「龍、…んーっ……」

ひとしきり黒田の呼吸を乱してから、いよいよ下腹部を押しつけると、息を呑《の》む気配がある。布地越しに押し返すような感触もある。ジーンズのウェストボタンをはずし、ジッパーをおろし、下着ごとおろそうとすると、黒田は動作を助けようとしたのか、腰をひねった。隠そうとしたのかもしれないが、結果としてつるりと脱がせられたので、よしとする。

全身を、隠すものもなくさらけだして、黒田はささやいた。

「龍も」

「ああ」

恋人のたどたどしい手が、関口の腰からバスタオルを取り去った。

そうしてまた抱き合い、幾度となくキスをした。すりつけ合う男の器官は反応も顕著で、がちがちに硬く、やけどしそうに熱い。

関口はそれをマッサージした。

「なめてやろうか？　気持ちいいぜ」

耳元でそのかすと、ふれていた頬がさらに熱を増すのがわかった。

「聞くだけで死にそう……」

切実な響きに、関口は笑った。

「死なれちゃ困るな」

しかたない、なめるのはこれから先のお楽しみだ。その代わりにと、技巧を尽くして愛撫すると、興奮をつのらせた恋人は、あまりに強い快感から逃れようと腰をよじりながら、関口のものに手を伸ばしてきた。

「龍も、…気持ちよくなって……」

やんわりとつかみとられて、関口は呻いた。その手指の絞り具合が、いいところにはまった。

「ここ、……こうしてくれ」

自ら黒田のものに手本を示すと、黒田の器用な指はすぐにそれをまねた。

「……いい？」

「ああ。すごく。おまえは？」

「いい……」

陶然と呟く表情は、もうめちゃくちゃにしてやりたいほど艶っぽい。

関口は熱いそれから手を放した。急に放りだされた恋人が目をあげてもの問いたげにするのへ笑いかけてやり、ベッドの宮の引き出しから小物を取り出す。ジェルのチューブと、ゴムだ。

「なに、それ……？」

「見るのは初めてか？」

チューブを渡すと、黒田は商品名や、使用方法などの表記をまじまじ読んでいる。関口は、その暇にもてきぱき準備を進めた。枕をとり、バスタオルをかぶせて、恋人の腰の下にあてがう。そのまま脚をひらかせると、黒田が、あ、と声を上げて膝を閉めようとする前に、すばやくそこに体を入れてしまった。

関口はにやりとした。黒田はふいと顔をそむけた。

ジェルのチューブから二センチばかり指先にとり、誰にもさわらせたことがないだろう部分にそっとつける。温感ジェルで、冷たくはないはずだが、ぴくりと緊張したのがわかる。

「あんまり力入れるな」

関口は恋人の腿《もも》を撫でた。

「やさしくするから」

「………ん」

つぼみのふちをくるくると円を描《か》いてなぞっていると、融点の低いジェルはすぐにとけて、すべりがよくなる。いたたまれないように動く脚をなだめながら、息あいをはかって、中指の先を差し入れた。

「あ……！」

うぶな恋人は、はじかれたように上体を起こした。

関口はその腹をなだめるように撫でた。

「大丈夫だ。まだ痛くないだろ？」

「う…うん」

「息を詰めるな。ちゃんと呼吸して」

「うん……」

ふー…とゆっくりしたテンポで息を整えるのを見届け、またそろそろと指を進める。一センチ進むごとに、黒田は喉を引きつらせたが、呼吸だけは忘れまいと懸命な様子だ。

関口は、丹念にそこを慣らした。一本が入ったからすぐ二本め、というのでなく、その一本が入っていることを忘れるくらいじっくりとなじませてから、二本めを進める。どれだけ時間がかかろうと、その手間を惜しむべきではない。抱くとなったら何度でも抱きたい、あわよくば黒田から甘くねだってほしい、そのうちには黒田に上になって腰を振ってほしい、黒田にはせいぜいよがって乱れてほしい、そう望むからには、最初が肝心だ。

好きなのだ。大事にしたいのだ。一時の欲求に突っ走ってすべてを台無しにするなど、愚の骨頂ではないか。

「剛」

あっぷあっぷしそうな恋人の唇をかるく吸い、気遣う。

「痛いか？」

黒田はうるんだ眼で答えた。

「だい…、じょう、ぶ」

「つらかったら言えよ」

「……ん」

「剛、好きだよ」

「龍……おれも」

そうして長い時間をかけて慣らし、拡《ひろ》げて、黒田が苦痛の様子を見せなくなり、それどころか、息遣いにほのかな甘さが窺われるようになったところ、関口は己れのものにゴムを着けた。

「剛……痛かったらごめんな」

「ん……？」

黒田はどこかぼんやりしていた。さんざんさわられたりいじられたりして、喘いだり呻いたりしているうちに、警戒心も羞恥《しゅうち》心もすりきれたのかもしれない。

それなら今の隙にと、力なく投げ出された両脚を抱え、すっかりぬれてほころぶそこに先端を押しつけた。

「――あ」

黒田が頼りない声をあげた。また緊張感がぶりかえす前にと、ぐいと腰に力をこめる。

「ん――！」

拳《こぶし》を口にあてて声をこらえる姿に、悪いと思う気持ちと、ますますたかぶってくる気持ちと、そのふたつが自分の中でせめぎあっている。前者ははやるなとブレーキをかけ、後者はさっさと食い荒らせとアクセルを踏み、まったくどちらも譲らない。

「剛……」

落ち着け、関口龍之介、と自らに言い聞かせる。相手は初心者だ、ここで衝動のままに奪ってしまえば、今後はない——かもしれない——ぞ、と。

ひどい目に遭わせたいわけではない、本当はもっと待つつもりだった。キスすることに慣らし、自分の前で服を脱ぐことに慣らし、さわりあうことに慣らし、そうして、ごく自然に抱き合えるようになるまではと考えていた。それまでは、じゃれあったり、いたずらみたいなキスをしたり、何もせずひとつベッドで眠るだけでも満足だった。

枯れているわけではない、それが大人の男の余裕で、気遣いだ。

しかし、その覚悟が、この期に及んでぐらつくとは思っていなかった。関口は、男の侵攻にすくむそこに、あたうかぎりゆっくりと分け入りながら、熱い息を吐いた。

「剛……つらいか」

恋人の、力のこもっている眉間《みけん》のあたりを指先で撫でてやりながら訊ねる。

すると黒田は、うるんだ瞳《ひとみ》をあげて関口を見つめた。

「苦しい…けど、平気。……龍は？」

関口はほほえみかけた。

「嬉しくて舞い上がって、どうにかなっちまいそうだ」

黒田も目元をやわらげた。

「おれも。……だから、ちゃんと……して、いいよ。まだ、平気」

その甘やかな言葉を聴くなり、関口は、また下腹の器官に血が流れこむのがわかった。

「剛——」

これが最後の理性かもしれないと思いつつ、口をひらく。

「あらかじめ、謝っとく。ごめんな」

「え？ ……」

それからは、己れの中に吹き荒れる嵐《あらし》を押しとどめるすべはなく、恋人の躰の奥を極め、悲鳴をあげた恋人をしがみつかせて、激しく揺さぶった。互いの腹の間に手をつっこみ、相手のものをしごきあげながら、衝動と快楽と、欲求と充足と、甘さとかすかな痛みに身をまかせた。

恋人を呼び、恋人に呼び返され、そこからも心をつなぎながら、高みへと駆け上がった。

汚れをぬぐい、後始末を終えると、関口は律動の合間によそへずれていた枕を、黒田の頭の下に押しこんだ。

「……ん」

くたりとしていた相手が身じろぎするのを、

「いい、そのまま寝てろ」

と裸の肩を撫でると、また力の抜けるのがわかる。

「ありがと」

半分寝言のような声がそうささやいたのは、何に対してなのか。関口は汗が冷えないよう綿毛布を引きかけてやり、恋人の閉じたまぶたや額や頬にくちづけした。

誰が何と言おうと、黒田剛は、世界一かわいい恋人だった。


晴れた空が見えた。だだっぴろい草原に立っている。遠くに白樺か何かの木がぽつんと生えていて、そこまで行ってみようと足を踏み出すと、ぽーんと高く体が持ち上がった。ヘルメスのサンダルか、七リーグ靴でもはいているようだ。

これはおもしろい。調子に乗って飛びはねていると、下から、龍、と呼びかけられた。恋人だ。

関口はいったんそこまでおり、手をつないで、また一歩踏み出した。重力を振り切って体がぐいと持ち上げられる感覚に、恋人はたじろいでしっかりつかまってきたが、何度もそうして跳んでいると、慣れたのか、自分でも跳び始めた。

ぽーん、と身軽く飛び上がって、こちらを振り向けた顔は、楽しそうに笑っている。

あまり遠くへ行くなよ、と声をかけたが、聞いているのかどうか。うんと高く跳ぶコツをつかもうとして、何度も身をかがめては大地を蹴る。時折振り返っては、龍も来て、と言いたそうに手を差し伸べる。

晴れた青空に、恋人の笑顔は、もうひとつの太陽のようにまぶしい。

関口もそのあとを追いかけ、跳びあがった。

翌朝、目覚めた関口は、腕の中に恋人がいることを真っ先に確かめた。

黒田はつややかな黒髪を額に乱し、こちらを向いて眠っている。顔が見たくてそっとその前髪をかきやると、ん、とかすかな息をもらして、まぶたが揺れた。

ゆっくりと目がひらくさまは、何か映像作品でも見ているようだった。朝日が映りこんで、瞳がいつもより明るく見えるその表情は、そのままグラビア広告に使えそうなほど美しい。黒田はぼんやりと関口を見返し、またゆっくりと目を閉じた。

寝ぼけているのかと思ったら、ゆるゆるとした手が肩に引きかけられていた綿毛布をひきあげて、頭まですっぽりとかぶってしまった。

関口は噴き出した。

「かわいいやつだな。恥ずかしいか？」

「……うるさい……」

もごもご答える様子は、もう二度と毛布から顔を出したくないとアピールするようだった。

しかし、そこを引き剝がすのが醍醐《だいご》味《み》だ。

「出て来いよ、眠り姫。王子がおはようのキスを差し上げたいとさ」

「つつしんでご辞退申し上げます」

「そんなつれないこと言うなよ。後朝《きぬぎぬ》だろ？」

「よくそんな古風な……」

関口は、黒田のかぶる毛布を、うしろからめくるようにして剝ぎ取った。

「あ、こらっ」

逃げようとするのをしっかりと抱きとめ、顔をのぞきこむ。

「おはよう、ダーリン」

眠りから覚めた眠り姫は、頬を紅くし、てれ隠しにかちょっとふくれて見せながら、おはようを言った。

王子はその唇にキスを贈り、それはうっかり、挨拶ですまないレベルまで熱烈になってしまったのだった。

◇　◇　◇

鈴本のカレはアツシというらしい。どんな字を書くのか——情に厚い、という意味があるなら、この鈴本にとっても幸いなのだろうが。関口は、今夜もすっかり野次馬《やじうま》の気分でカウンター客の嘆きを聞きながら思う。

近ごろの鈴本は、よそで飲んでから、《チェネレントラ》には十一時近くになってやって来る。そうしてラストオーダーまでにウィスキーを二杯ばかり飲み、そのアッシへの慚愧《ざんき》をカウンターにぶちまけては、閉店まぎわに蹌踉《そうろう》と帰ってゆく。恋人が――アッシが来るとすれば十時までに来るが、顔を合わせるのが気まずいので、時間をずらしているのだそうだ。それならいっそのこと《チェネレントラ》を避ければいいとも思うが、根っこのほうで、もしかしたら会えまいかと願う気持ちがいかんともしがたいらしい。面倒な男だ。

関口は、今夜もその面倒な客のためにスパニッシュ・オムレツをつくりながら――お節介なマスターが、酒ばかりでなく何か食べなくては体に悪いと言って、半ば押しつけるように食べさせているのだ――自分でもどうにもならないのが恋心なのだろうと、一定の理解は持っている。

持っているがしかし、うぜえ！　と一喝したいのも事実だ。あの男が来ると、心やさしい恋人が、必要以上に肩入れして思い悩んで表情をくもらすのだ。それがしゃくにさわる。

「誰もがみんな、龍みたいに好き好き押せ押せで恋を成就させるわけじゃないからね」

とは、昨夜その恋人がほろ苦く言ったことだ。

関口は鼻を鳴らした。

「好きって言わないよりゃ言ったほうが相手に伝わるから、成就の確率があがるんだろうが。言葉を出し惜しみしといてかなえようってのが甘い」

「そりゃそうかもしれないけど……」

まるごと納得できるわけではない、と言いたげなその首を引き寄せる。

「好きだよ、剛」

黒田は体を引いた。

「もう、だから――」

関口は逃がさない。

「おまえは言ってくれないのか？」

恋人は、観念したように、目を伏せ、頬をかすかに染めて、ささやいた。

「……好き、だよ。龍」

関口はその額にキスした。

「嬉しいよ」

「どうしてそう臆面もなく……っ」

わき腹にかるくパンチが入り――てれ隠しにしては痛かった――そこで話はおしまいになった。

関口はためいきをついた。鈴本の嘆きは、聞いているうちにこちらも気が滅入《めい》ってくる。店の客たちも身につまされるのか、静かに酒を傾けることが多くなった。誰もが素直になれるわけではないし、誰もが幸せな恋をしているわけでもないのだろう。

そのうち、鈴本はカウンターに突っ伏してしまった。寝入ってしまったのだろうか。

「鈴本さん、こんなところで寝たら、風邪ひくわよ」

マスターがそっと揺さぶっても、唸《うな》り声も聞こえない。

やれやれ、と関口はシナモンスティックを噛んだ。あんな客は、豆腐の角に頭をぶつけて死んでしまえばいいのだが、誰よりもそう感じているのは、他ならぬ当人なのだろう。ならばいっそ、恋人に会って謝るなり、愛想をつかした恋人に引導を渡されるなり、すればいいのだ。

そこに、新たな客が入ってきた。

「いらっしゃい――」

迎えたマスターが、声を途切れさせた。

関口はジャガイモの皮をむきながら窓のそばに移動して、その客を見た。仕事帰りか、地味なスーツ姿の青年だった。細いフレームの眼鏡をかけ、ボストンバッグを手に提げている。ちょっとおとなしそうな顔立ちだが、店内を見回すと、目当てのものをそこに見つけた、というような迷いのない足取りで、カウンターにやって来た。

「こんばんは、マスター」

「いらっしゃいませ。久しぶりね――アッシくん？」

と黒田が呼びかけた。

客は――アツシは、やや目をみはった。

「ええ、宮田敦《みやたあつし》です。……鈴本さんが？」

「そうよ。ずっとあなたを待ってたの。ここで毎晩のように、アツシごめんって謝りながら」

宮田敦は目元をやわらげた。

「ずっと連絡とってなかったんですって？」

「ああ、出張が長引いちゃって、今帰ってきたところなんです。……僕も、ちょっと距離をおいたほうがいいのかなと思ったし」

宮田は、カウンターに沈没する鈴本の肩に手をかけた。

「鈴本さん、起きてください。こんなところで寝たらだめですよ」

その手の感触に覚えがあったのか、それとも声のほうか、鈴本は唸って、のろのろと顔を上げた。

「カウンターをふさいだらいけませんよ。マスターが困るでしょう？」

鈴本はぼんやりと呟いた。

「敦……敦がいる……夢でも見てるのかな」

宮田は笑った。

「夢じゃありません、ほんものですよ。ほら、帰りましょう」

「おまえ、眼鏡……」

「目の使いすぎで、コンタクトが入れにくくなったんです。でも、眼鏡でもよく見えますよ、あなたの顔もね」

「敦……」

鈴本はスツールをおり、宮田を抱きしめた。というか、抱きついた。

「敦…本物だ」

宮田は、困ったように眉を寄せながらも笑っている。

「ニセモノかどうかなんて、どこでわかるんです？」

「おれの腕が覚えてるよ。おまえの肩幅、おまえの体の厚み、おまえの体温……」

なかなか優秀な男だ。関口は鈴本を少し見直した。

「おまえの匂い……」

「もう、そんなことより、僕に言うことがあるんじゃないですか？」

鈴本は、ぴくと肩をふるわせた。おそるおそるといった様子で顔を上げ、宮田の顔を見つめる。

「おれはほんとにどうしようもないやつで、おまえにふさわしくないかもしれない」

「……それで？」

「でも、おまえが好きだ。泣きたくなるほど、好きなんだ」

宮田の手が、男の背をあやすようにぽんぽんとたたいた。

「僕もあなたが好きですよ」

「うそだ――」

「うそじゃありません。……ねえ鈴本さん、あなたが僕を傷つけるのがすまないって言うなら、自分だけ我慢すればすむって考えてた僕にも責任があります。これからは、傷つけられていやなときはいやって言いますし、場合によってはひっぱたきますよ。それなら対等でしょう？」

「敦……」

鈴本は、自分より十センチ近くも背の低い恋人にしがみついて、肩をふるわせている。答えは声にならないようだが、何度もうなずいているのは、はためからもわかった。

宮田が、ふいに視線を動かした。カウンターでまじまじ見つめていたマスターと目が合った。

「あ……ええと」

途端に気恥ずかしそうな顔になって、鈴本を離そうとする。

「ごめんなさい、マスター。営業妨害しちゃったかな」

「いーええ。ステキなシーンを見せてもらったわ」

にんまりしているのがわかる声だ。

「鈴本さん、ちょっと放して、僕の部屋へ行きましょう……すいません、お勘定を」

宮田はてきぱきと清算して——その合間に、カウンターに残っていた鈴本のスパニッシュ・オムレツを、ぱくんとつまみ食いしたのが見えた——鈴本と一緒に帰っていった。

それを見送って、マスターはぱんとひとつ手を打ち鳴らした。

「さあさあ、あなたたちもステキな恋を見つけてね。とびきりハッピーになれるやつよ」

「いやー…なんか……おなかいっぱいっていうか胸がいっぱいっていうか」

客の一人が苦笑している。

「そんなこと言ってないで。景気づけに、一杯ずつどうぞ、私のおごりよ」

「おおー！」

「話せるね、マスター」

店内はにわかに明るくなった。

この店に集まってくるどのシンデレラにも、ガラスの靴を持った王子が必ず現れる——マスターの希望であり願望であるそのことが、確実にひとつかなった夜だった。

店じまいをし、ロッカー室で着替えているとき、黒田が心底から安心したように吐息した。

「鈴本さん、よかったわねえ」

「そうだな」

「鈴本さんにとって、アツシくんが運命の人なんでしょうねえ」

うっとりと呟くのは、目の前でくりひろげられたラブシーンを思い返しているのか。

関口は肩をすくめた。

「あんなぐだぐだなやつにも運命の相手ってのは用意されてるんだと、目からうろこが落ちる思いだったが」

黒田はかるく睨んできた。

「口の悪いこと言わないで。私もぐだぐだ考えてたって点で、もう鈴本さんが他人に思えないんだから」

「……今ごろ気付いたのか」

同病相哀れんで肩入れしているのかと思った。

「にぶくて悪かったわね」

黒田はむうとふくれる。

関口は笑って仕事用のシャツを脱いだ。

視界の端に、さりげなくこちらの体から視線をそらす黒田が映った。

「恋は、相手が好きっていう気持ちだけあれば、あとは二人でつちかってゆくものなのねえ……」

「……そうだな」

袖を通したシャツのボタンをとめ、まだ着替えに手をつけていない恋人のわき腹をするっと撫でてやると――ここは黒田のいいところのひとつだ――まだ慣れない恋人は、ひくりと息を呑んだ。

「じゃあ、二人でつちかうために、おれの部屋に来るか？」

とびきりつやめかした声で誘うと、顔がほんのり紅くなった。

が、関口が、おや、と思ったことには、黒田はゆったりほほえむと、喜んで、と答えたのである。

「剛」

警戒したり、何のかのと理由をつけて逃げたりしていた恋人からすれば、それはものすごい進歩だ。

なんだか愉快になって、両手をその腰にまわす。

しかし、黒田はやはり黒田だった。顔を寄せると、ぺたりとてのひらで口をふさがれた。見れば、耳まで紅くなっている。

「ごめん…、今ので、使い果たした」

使い果たした。それは、「勇気」とか、「余裕のふり」とかを指すのか。

関口は噴き出した。

「わ…、笑うことないだろ！」

黒田は色をなしたが、こわい顔をされたくらいでは、この笑いはとまらない。

「しかたないだろ、やっぱり恥ずかしいよ！　あのあと肩なんてすごい赤アザになってて、風呂にはいるたびぎょっとしたんだから！」

「ああ、キスマークな。おまえだっておれにつけたじゃねえか」

おそろいのようにつけられたそれには、数日、関口も笑みを誘われた。龍はおれのもの、と、口に出しては言えない恋人の、ささやかな主張のようではないか。

「全然レベルが違うよ」

黒田はむくれている。

「そうだな」

「自分の経験値が高いからって……っ」

「こつこつレベルアップしてけよ。一からつきあってやるから」

「龍と同じレベルになるまで、百年かかるよ？」

「そういうときこそ魔法の呪文だ。……おれを好きって、言ってみな」

教えてやると、黒田はふいに真顔になった。かと思ったら、両手で頬を包まれ、引き寄せられた。

鼻先がぶつかりそうな近みに、ハンサムな顔がある。それが真摯な様子でささやいた。

「龍が好きだよ」

そうして、得がたいことに、黒田のほうからキスしてきたのだ。

関口は感激し、その腰に両腕をまわした。

「上出来だ」

返礼は、より以上のキスで。

そして、黒田が息を継げなくなって苦しがるまで、離してやらなかったものである。

◇　◇　◇

ネオン輝く繁華街五丁目の、通りを一本外れたところにあるバー《チェネレントラ》。そこは寂しい男たちの慰めと憩いの泉、夜ごとシンデレラの舞踏会がくりひろげられる城だが、そこではとびきり甘くほろ苦い恋が見つかると、近ごろはもっぱらの評判だった。

# あとがき

こんにちは、佐倉朱里《さくらあかり》です。

身の丈六尺のハンサム（心はオトメ）の恋物語はいかがだったでしょうか？

ここに出てくる登場人物たちは、『眠り姫』をリンクス誌に掲載したあとも脳内で動いていたのですが、いざ続編となると、オトメが恥ずかしがってなかなかえっちにこぎつけられなかったり、担当さんからはちゃんとくっつけろと厳命されたり、友人からは押せ押せな攻が珍しいとか翼《たすく》がかわゆくなってると言われたり（かわゆくない翼は拙作『唇にコルト』におります。宣伝です）、パソコンをリカバリするはめになったり（まだ一年ちょっとしか使ってないのに！）プリンターが壊れたり（これは関係ない）、いろいろ……いろいろ、ありましたが、ともあれこうして単行本のかたちにできたことは嬉しく、ありがたいことです。

『眠り姫』を執筆中、ツイッターでネタを募集してみたりしたのですが、回答してくださったフォロワーのみなさんには、この場を借りてお礼を申し上げます。いろいろな人の視点というのはすごく参考になります。（佐倉のツイッターアカウントはsakura_lantern、名前で検索しても出てくるかと思いますので、ご興味がおありでしたらぜひ。「ネタ求む」

の死にそうなツイートがあったら何か応えてやってください、お願いします）

　ツイッターといえば、イラストをつけてくださった青山十三《あおやまとおみ》先生とやりとりさせていただいて、「黒田《くろだ》さんかっこ色っぽい」と言っていただいたのが、舞い上がるほど嬉しかったです。『ロマンチスト』の執筆中、本誌に載った『眠り姫』のページを切り取って手元に置き、カラー表紙を眺めてはにやにや…もとい、イメージをふくらませていたものでした。この黒田がまた静かな色気をかもしだしている上に、関口《せきぐち》がセクシーなんですよー（この単行本に掲載されるかわかりませんが、雑誌をお持ちのかたは、ぜひいま一度ご堪能ください）。青山先生、本当にありがとうございました！

　お買い上げくださったみなさんにも、あらためてお礼を申し上げます。感想などいただけたら飛び上がって喜びます。なんでしたら舞い踊ります（真顔）。

　今回、あとがきページを少々長めに設定されたので、感謝の言葉にかえて、サービスの小話をつけてみたのですが、こちらもお気に召していただけたらと思います。

　それでは、またお会いできますように。

平成二十五年正月吉日

佐倉朱里　拝

# 偕老同穴

「ねえ、関口」

いつものように、開店前の仕込みを手伝っているとき、黒田はそれに気付いた。

「うん？」

関口はプラスチックのボトルにドレッシングの材料を合わせ、シェークしている。黒田はその横顔を注視した。

「なんだ？　見とれるほどいい男か？」

「いい男だけど」

「けど？」

「これ、白髪じゃない？」

——それは、関口にとっても、青天の霹靂だった、らしい。

「マジか……」

ロッカー室の鏡でためつすがめつしながら呻くのに、指差して教えてやりながら、黒田は笑った。

「その一本だけみたいだけど。お疲れかしら、それともトシ？」

「トシって言うな」

関口は、一般的には年齢的なものが影響すると言われるソレの発現を、黒田の予想以上に重く受け止めたようだ。営業時間中も、どこか精彩を欠く様子だった。

それが気になっていた黒田が、店を閉め、店内の掃除を終えてようやく厨房をのぞいたときも、おう、と応じながら、なんとなく元気がない。

「あーあ、白髪かあ……」

作業台を拭きながら、関口はぼやいた。相当気にかかるようだ。

黒田は慰めた。

「そんなに気にすることないわよう。何かの気まぐれかもしれないし」

「気まぐれ…。毛母細胞の？」

「そうそう、たまにはメッシュにしてみようかなって」

黒田はそんな冗談を言ったが、関口は真顔になった。

「剛」

甘い声で下の名前を呼ぶのは、営業は終わり、というスイッチだ。これ以降はプライベートだという合図。

黒田もそれに応じて言葉遣いを替えた。

「……気にすることないよ。全然目立たないし」

「でもおまえは気がついたんだろ？」

「おれ、目はいいから」

「他にはねえかな。探してくれ」

「……ん」

左のこめかみを向けてくる男に、黒田は指先で髪をかきやりながら丹念に検分した。

「ないみたいだよ」

「よく見てくれよ。こっちがわは？」

「うーん……大丈夫、ないよ」

「そうか」

関口は、恋人の肩に腕を乗せかけるようにして抱きつきながら嘆く。

「あーあ、おれもじじいになるんだなー」

黒田も、慰撫するようにその背に手をまわした。

「急にはならないよ」

「もう三十八だし」

「男盛りだよ」

「オッサンだよなあ」

「おれとふたつしか違わないじゃない」

「じじいになったらしょぼくれるかも」

「龍はじじいになってもきっとかっこいいよ」

「おまえにも飽きられて捨てられたりして」

「捨てないってば」

そんな、はたから見れば益体もないやりとりがしばらく続き。

懸命に恋人を慰めていた黒田が、落ちこんでいるとばかり思っていた恋人がにやにやしていることに気付くまで、あと三十秒。

リア充爆発しろ！　ＥＮＤ

初出
眠り姫とチョコレート ―― 2012年 小説リンクス4月号掲載作品
ロマンチストとチョコレート ―― 書き下ろし
引用
智恵子抄 （新潮文庫）高村光太郎著　より

LYNX ROMANCE　LYNX ROMANCE　LYNX ROMANCE　LYNX ROMANCE

LYNX ROMANCE

**月《つき》と茉莉花《まつりか》**

佐倉朱里　illust. 雪舟薫

898円
(本体価格855円)

太子の煬大牙は、自国を裏切った国『湘』を滅ぼし、目の見えない湘の第一公子を捕虜にする。その公子は名も無く、湘王である父に廃嫡とされ、存在すら認められず北の離宮に幽閉されていた。それでも潔く覚悟を決め、亡き湘と運命を共にしようとする儚げで美しい公子に、大牙はいつしか心惹かれ始めるのだったが…。切なくも甘い、魂を揺さぶる感動の歴史ロマン。

LYNX ROMANCE

**月《つき》と茉莉花《まつりか》 ～羞花閉月～**

佐倉朱里　illust. 雪舟薫

898円
(本体価格855円)

滅びた湘国の王族で、唯一生き残った月心は、煬大牙の庇護のもと、書物の暗誦をする日々を送っていた。父王によって廃嫡された月心に、憐憫の情を感じた大牙は、ある日、彼の元服を行なおうとするが、なぜか拒まれてしまう。理由を問うが頑なに語ろうとしない月心を大牙は責めてしまい…。切なくも甘い感動の歴史ロマン第二弾。

LYNX ROMANCE

**月《つき》と茉莉花《まつりか》 ～月に歩す～**

佐倉朱里　illust. 雪舟薫

898円
(本体価格855円)

滅びた湘国の王族で、唯一生き残った月心は、煬大牙の計らいでめでたく元服し、伶人として朝に仕えることになった。典楽庁の他の伶人に湘の楽曲を伝授する役目を賜った月心だったが、楽生のうちの一人から度々いやがらせを受けるようになる。日々、傷心していく月心に、大牙は憂慮を抱いていたが…。表題作に、大牙が妃を探す最終話も加えた、切なくも甘い感動の歴史ロマン第三弾、待望のシリーズ完結篇。

LYNX ROMANCE

**三希堂奇譚《さんきどうきたん》**

佐倉朱里　illust. 小路龍流

898円
(本体価格855円)

古美術店『三希堂』で働く美貌の青年、翡翠。人を操ることのできる、エメラルド色の瞳・邪眼を持つ翡翠は、オーナーである崔輝耀に好意を抱いている。邪眼の能力で自分の虜になって欲しいと願うが、輝耀に対してはなぜか能力が効かなかった。輝耀をつなぎとめておけないなら邪眼などいらないと日々思い悩んでいたが、翡翠は記憶がない三年前の自分の過去を知るという男に突然誘拐されたことで、輝耀の隠された秘密を知り…。

LYNX ROMANCE

## 緋《ひ》色《いろ》の海《かい》賊《ぞく》 上

佐倉朱里 illust. 櫻井しゅしゅしゅ

898円
(本体価格855円)

洋上任務を終え、帰国の途についていた英国海軍のフリゲート、インヴィンシブル号。艦上にいた英国海軍将校のキャプテン・コリンズは、カリブ海を航海中、背中に深紅の鳥の刺青を背負った男を救助する。彼は海賊"ルビー・モーガン"の船長、山猫と恐れられるキャプテン・スカーレットだった。山猫を捕縛したコリンズだったが、偽ルビー・モーガン出現の報を受け、その討伐のため、嫌々ながらも山猫と行動を共にすることに…。

LYNX ROMANCE

## 緋《ひ》色《いろ》の海《かい》賊《ぞく》 下

佐倉朱里 illust. 櫻井しゅしゅしゅ

898円
(本体価格855円)

英国海軍のキャプテン・コリンズと、山猫と呼ばれる海賊キャプテン・スカーレット潤追う者と追われる者、対極にいる二人だったが、同じ獲物を追ううちに再び巡り合うこととなった。コリンズを掌中に収めたい山猫は、あの手この手を使って彼を海賊に引き込潤うとするが、いずれも空振りに終わる。業を煮やした山猫は、ついに強硬手段に出るが…。相容れない運命の二人の関係に、遂に終止符が打たれる!

LYNX ROMANCE

## 唇《くちびる》にコルト

佐倉朱里 illust. 朝南かつみ

898円
(本体価格855円)

古ぼけた小さなビルで、探偵事務所を営んでいる平沢翼は、裏の稼業で殺し屋をしている。ある日、一夜の相手を見つけるため出向いたバーで、一人の男と出会う。元警官で現在失業中だというその男・平井輝之と、一夜限りの情事で別れた平沢だったが、後日偶然彼が探偵事務所を訪れる。それからというもの、平井は平沢の事務所に度々顔を出すようになり、二人の距離は徐々に縮まっていき…。

LYNX ROMANCE

## 陽《かげ》炎《ろう》の国《くに》と竜《りゅう》の剣《けん》

佐倉朱里 illust. 子刻

898円
(本体価格855円)

かつて栄えたオアシス都市・ミーランでは、水は涸れかけ、疫病も流行っていた。窮地に立たされた美しき王・イスファンディールの元に、伯父の遣いでハヤブサを携えた謎の剣士が現れる。その男、シャイルはイスファンディールをことのほか気に入り、暫く王宮に留まることに。剣士は人知の及ばぬ不思議な力を持っており、何でも願いを叶えてやるかわりに、イスファンディールの身体を報酬に欲しいと言い出して…!?

この本を読んでの
ご意見・ご感想を
お寄せ下さい。

〒151-0051
東京都渋谷区千駄ヶ谷4-9-7
(株)幻冬舎コミックス　リンクス編集部
「佐倉朱里《さくらあかり》先生」係／「青山十三《あおやまとおみ》先生」係

リンクス ロマンス

# 眠り姫とチョコレート


2013年1月31日　第1刷発行

著者……………佐倉朱里《さくらあかり》
発行人…………伊藤嘉彦
発行元…………株式会社　幻冬舎コミックス
〒151-0051　東京都渋谷区千駄ヶ谷4-9-7
TEL 03-5411-6434（編集）
発売元…………株式会社　幻冬舎
〒151-0051　東京都渋谷区千駄ヶ谷4-9-7
TEL 03-5411-6222（営業）
振替00120-8-767643
印刷・製本所…共同印刷株式会社
検印廃止




ISBN978-4-344-82718-9 C0293
Printed in Japan

幻冬舎コミックスホームページ　http://www.gentosha-comics.net


本作品はフィクションです。実在の人物・団体・事件などには関係ありません。